작은
꽃으로
웃고싶다

작은 꽃으로 웃고 싶다

1판 1쇄 발행 | 2017년 6월 20일

지은이 | 박은우
발행인 | 이선우
펴낸곳 | 도서출판 선우미디어
　　　　등록 | 1997. 8. 7 제305-2014-000020
　　　　02643 서울시 동대문구 장한로12길 40, 101동 203호
　　　　☎ 2272-3351, 3352 팩스: 2272-5540
　　　　sunwoome@hanmail.net
　　　　Printed in Korea ⓒ 2017. 박은우

값 10,000원

※ 잘못된 책은 바꿔 드립니다.
※ 저자와의 협의하여 인지 생략합니다.

이 도서의 국립중앙도서관 출판예정도서목록(CIP)은
서지정보유통지원시스템 홈페이지(http://seoji.nl.go.kr)와
국가자료공동목록시스템(http://www.nl.go.kr/kolisnet)에서 이용하실 수
있습니다.(CIP제어번호: CIP2017013555)

ISBN 978-89-5658-517-8 03810
ISBN 978-89-5658-518-5 05810(PDF)
ISBN 978-89-5658-519-2 05810(E-PUB)

재 호주여성작가의 시와 에세이, 신앙묵상

작은 꽃으로 웃고 싶다

박은우 지음

선우미디어 sunwoomedia

박은우 님 작품집 펴내심을 기리는 말씀

이상보 문학박사, 국민대 명예교수, 수필가

박은우 선생님은 오랜 세월을 호주에서 사셨다. 가끔 서울에 오시면 박도영 선생님과 함께 만나서 즐겁게 지냈다. 호주에는 아드님과 따님이 살고 있기에 그곳의 한인문우 회원들과 글벗으로 지내며 한국문단에는 가끔 수필을 보내왔다.

프랑스의 비평가인 알베레스R. M. Alberes는 "수필은 지성을 바탕으로 하는 환상적 이미지의 문학이다."라고 말한 바가 있고, 또 영국의 시인이며 비평가인 하버드 리드 Herbert Read는 "수필은 단순한 기성의 언어에 의한 건축물이 아니다. … 우리가 항상 가지고 있는 언어에 의하여 이루어지는 산문이 수필이다. 소설이나 희곡은 의도적이거나 조직적인데 비하여 수필은 자기의 마음속에 비치는 제재를 그대로 자기를 통하여 암시하는 글이다. … 수필은 자아自我를 통하여 또 다른 나現實를 암시하는 글이다."라고도 했다. 그러나 나는 수필이야 말로 진솔한 지성인이 건전한 문학관으로 인생을 성찰省察하고 쓴 산문이라고 본다.

그런 눈으로 박은우 선생님의 수필 중에서 몇 편을 읽어보면,

첫째로 <귀여운 할머니>는 외할머니의 사랑을 받으며 자랐던 어린 시절을 소재로 쓴 회고담인데 서울 태생인 글쓴이가 황해도에서 피난을 온 외할머니의 사랑을 받으며 자란 삶을 아름답게 그려내고 있다. 또 <아빠>는 노숙자를 소재로 쓴 글인데 그를 아빠라고 애칭하며 애잔히 여기는 글쓴이의 인생관이 빛나는 걸작이다. 그리고 <이모! 사랑해>에서도 80연세의 노인이신 이모에 대한 글쓴이의 사랑이 넘치는 글이다.

둘째로는 크리스천으로서 글쓴이의 신실한 믿음이 잘 나타난 글이며 <영원한 다아링>은 윤동주 시인의 누이 윤혜원 님(애칭이 다아링)을 호주의 같은 교회에서 만난 이야

기로 시작한다. 그의 남편 오 장로가 시인으로 등단함을 기리는 자리에서 이미 호주문단에서 시인으로 활동하고 있는 글쓴이의 따님(이정민)과 같이 만난 일과 같은 교회에서 신앙생활을 한 이야기를 쓴 글이다. 또 <두바이>와 <휴거> 등 많은 글들이 수록된 것으로 미루어 보아도 글쓴이의 종교생활이 아름답게 여겨진다 할 것이다.

셋째로는 <다문화의 나라 1>과 <다문화의 나라 2>에서는 호주가 160여 개국의 이민자들로 구성된 나라임을 밝히고, 수많은 한국의 이민자들도 자유롭고 행복한 생활을 하고 있는 모습을 묘사한다.

그러므로 이 책을 읽는 이들은 글쓴이의 신실한 인품과 건전한 인생관에서 우러나는 아름다운 글들에서 함께 공명 공감하며 즐거운 시간을 보낼 수 있을 것으로 믿는다.

끝으로 박은우 선생님의 수필집 펴내심을 축하하며 주님의 은총 안에서 늘 건강하고 평강을 누리시기를 비손한다.

작가의 말

수필처럼 나는 살았다.

세상의 모든 언어를 말씀으로 흔들어 나를 깨우시던 모세! 하나님의 웃음소리가 듣고 싶다. 감사와 사랑, 오래 참음으로 42년 긴 묵상을 통해 시와 수필 속에서 '므리바'를 낳았다.

예능교회 조건회 목사님의 말씀을 통하여 영감을 받아 글을 쓸 수 있었음도 고백한다. 국문학자 이상보 박사님과 글동무 박도영 그리고 호주 박미자 장로님과 부스러기 성도들에게 감사드린다. 자랑스러운 사위 제임스, 아름다운 딸 죠앤 그리고 더없이 따뜻한 아들 범석, 소풍중인 남편에게 고마움을 전한다. 또한 사진을 제공한 장윤식, 영노, 허순 님께 고마움을 전한다.

구름 날개 바라보며 이제 작은 꽃으로 웃으려 한다.

2017년 초여름　박은우

차례

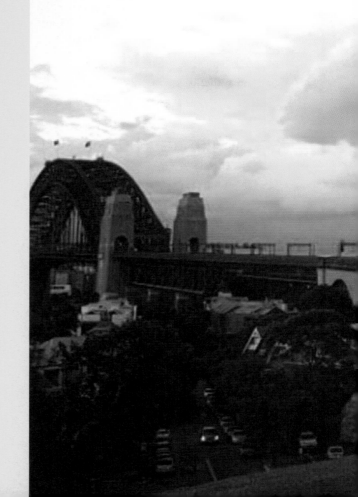

1

책 읽어 주는

남자

생각

사랑을 지나서
긍휼로 간다
지나온 기억을 벗고
슬픈 바람이 입니다

몇 시인가
아직
길은 남았는가
먼 시간이었다.

사위

주말 아침은 사위가
식탁을 차린다
어제 저녁은 만둣국이다

언덕 아래 카페에서
커피를 마시고
올라올 때
따슨 손으로
보호해 준다

푸른 구름 아래
여름으로 가는 길
미세먼지 자욱한
조국에서.

풍경

햇살 사이로 비
키큰 나무에
어린 새 한 마리

푸른 나뭇잎
아사이베리 입술에
붉은 꽃향기

—스트라에서

귀여운 할머니

'귀여운 할머니'는 내가 이 세
상에 태어나기도 전, 1910년대의 외할머니에 대한 실화다.

할머니의 부친은 백면서생白面書生이었고, 신랑 아버지는
서당의 엄격한 훈장이었다. 할머니는 황해도 남천에서도
백여 리 떨어진 가마골로 시집을 갔다. 그때 할머니는 갓
아홉 살, 신랑은 열 살로 양가 부모들이 정해놓은 규율대로
엄마 품을 떠나야 했다. 한창 어리광부리는 철부지가 연지
곤지 찍고 마치 소꿉놀이하듯 시집을 가게 된 것이다.

할머니는 울면서 시집을 갔지만 시집살이는 그다지 힘
들지 않으셨다. 살림도 친정보다 부유하여 살기는 편했다.

부엌일을 전담하는 하인들이 있어 할머니는 그들을 도

와 군불을 때거나 소여물을 끓일 때 잔심부름하는 일이 고작이고 어린 시동생들과 어울려 노는 게 일과였다.

신랑은 새벽이슬이 내리기 전에 일어나 서당에 나가서 달이 질 무렵에야 집으로 돌아왔는데, 거처마저 다르니 할머니는 남편 얼굴을 도대체 알 수가 없었다. 석 달이 지나고 해가 바뀌어도 학동들과 어울려 글방에만 드나드는 신랑이 누구인지 도무지 알 수가 없었다.

시집살이가 어느 정도 안정기에 접어들었고, 할머니는 신랑이 너무나 궁금하였다. 어느 날 묘안이 떠올라 실행하기로 했다.

남편이 곤히 잠든 틈에 미리 준비해둔 바늘에 무명실을 다섯 발쯤 꿰어 신랑 바지자락에 길게 늘어뜨려 놓았다. 일찍 부엌에 나간 할머니는 추운 바람도 아랑곳 않고 문에 바짝 기대어 사랑채 글방 쪽으로 가는 모든 남자들을 유심히 살폈다. 한 소년이 바지에 무명실을 달고 걸어가는데 인물이 정말 훤하였다.

세월이 흐르면서 할머니가 가장 무서웠던 일은 '첫날밤'에 대한 공포였다. 그날 할머니는 어찌나 오금이 저리던지 눈을 꼭 감고 엄마를 부르며 대성통곡을 했는데 그때 일이 두고두고 잊히질 않는다고 말씀하곤 했다.

"어린 나이에 치른 첫날밤이 어떠했냐?"고 내가 놀리곤 했는데 그때마다 할머니가 눈을 곱게 흘기면서 내 등을 힘껏 내리치곤 했다. 발그레 상기되던 할머니의 얼굴이 참 아름다웠다.

할머니의 성명은 '이금화'다. 전주 이씨 가문이니 양반가의 규수임은 분명하다. 원래 부지런하고 맵시 또한 일품이어서 모든 어른들이 며느릿감으로 탐을 냈다고 한다.

할머니는 나를 무척 귀여워해 주셨다. 6·25전쟁 때 서울로 피난 온 할머니가 일하는 엄마 대신에 나를 길러주셨기에 더 예뻐했는지 모르겠다. 나는 서울 토박이다. 그것도 서울 중심지인 종로에서 살았다. 그런데도 사람들은 우리집을 '황해도집'이라고 불렀다. 형제 많고 일가 많은 이북 사람들이 우리 집을 근거지로 모여 살았고 할머니가 어른 노릇을 하셨기 때문일 것이다.

대포소리에 놀라 마루 밑에 금은보화를 가득 묻어두고 오셨다던 할머니, 통일만 되면 파다가 나를 미국에 유학시

키겠다던 울 할머니. 나는 외할머니 손에서 자랐기에 어떨 때는 할머니가 친엄마처럼 여겨질 때도 있었다.

나는 황해도 이야기를 많이 안다. 그쪽 사투리를 내 자신도 모르게 많이 사용하여 남한에 피난 온 황해도 사람들이 나를 반겨줄 때가 많다. 어느 날엔가 이북 도청에 갔더니 노인 한 분이 내 손을 잡으면서 "황해도 사람이구먼요. 반가워요. 아마 아기 때 피난 온 모양이지?"라며 묻기도 했다.

이제 이북에서 피난 온 할아버지 할머니 세대들은 대개 천국 갈 연세가 되셨다.

우리 집안에도 이제는 방아달 할머니만 남았을 뿐이다. 나는 이모나 외삼촌보다 외가 이야기를 더 많이 알고 있다. 나보다 열두 살 위인 이모는 자기 어머니에 대한 이야기를 나를 통해 들으며 고개를 끄덕이고 눈물도 흘리신다.

나는 국민가수 J씨 아버지가 사람 좋은 장로님이라는 것과 또 ≪제5전선≫을 쓴 아저씨의 로맨스도 안다. 그리고 시계포 집 아들이 바람난 사건의 내용도 안다. 지금 미국에서 양로원 신세를 지고 있는 지게비 할아버지의 슬픈 사연도 할머니를 통하여 울면서 들었다. 그 지게비 할아버지의 아들이 서울 왔을 때 내 이야기를 듣고 양로원에 계신 아버지를 명절 때마다 꼬박꼬박 찾아뵙는다고 한다.

할머니가 그립다. 마음이 너무 착한 탓에 이북에서 내려온 피난민 중에서 제일 못 산다는 어진 우리 할머니! 그 애끓는 한숨이 듣고 싶다.

나는 언제든 꼭 한번만이라도 외할머니 고향인 황해도에 가보고 싶다. 거기에서 마루 밑도 파보고 어딘가에 남아 있을 할머니의 체취를 맡고 싶기 때문이다.

내 나이보다 더 새파랬던 시절에 피란 와서 일찍 저세상으로 가신 우리 할머니, 통일이 된다 해도 만날 수는 없지만 그래도 나는 할머니의 고향에 안겨보고 싶다.

인생의 가을을 맞고서야 할머니가 나를 얼마나 사랑했는지 비로소 기억해내는 이 우둔한 손녀는 늦게나마 회억의 눈물을 짓는다.

내 할머니의 따스한 가슴에 안겨 목 놓아 울고 싶다.

무제

　실내라 잘 보이지 않지만 비는 오고 있다. 식은 커피 잔 위로 젖은 안개가 흔들리는 듯하다. 메기섬의 야자수 사이로 키 큰 남자가 걸어 나온다.

　며칠 전에 본 나치 영화 속의 그 남자다. 영화에서 그는 허물어진 한 건물더미 속에서 피아노를 쳤다. 보통의 책 사이즈보다 큰 두루마리를 들고 있는 손은 분명 피아노를 치던 그 손이다. 날카롭게 솟았다가 납작 내려앉은 코가 분명 그 배우다. 엷은 핑크색 와이셔츠를 입은 빗속의 남자가 카페 '키오스키' 바로 내 옆 자리에 와서 앉았다.

　그는 영화 <킹콩>에 호주 여배우와 출연했다. 그가 <킹콩>에서 여 주인공을 찾기 위해 분투했던 날카롭고도 우수에 깊던 눈이 퍽 인상 깊다. 또 나치시대를 배경으로 한 영화 <피아니스트>에서 들었던 그가 치던 피아노의 음향이 내 마음으로 가라앉는 것 같았다. 그 곡이 <항가리언 광시곡>이었다고 생각된다.

이 명배우가 왜 호주의 북단 시골에 왔을까? 그도 호주 사람인가? 휴가를 보내기에 이곳은 아직 준비가 덜된 자연 그대로다. 얼마 전 요절한 할리우드의 배우도 호주 출신이긴 하다. 카키색 와이셔츠 깃을 유난히 높이 세우고 카페로 들어온 남자는 제일 큰 잔에 커피를 시켰다. 얼핏 사십 중반쯤 보이기도 하고 더 젊어 보이기도 하다.

내리는 비로 인해 어제의 빛나던 청색 하늘은 다 물러가고 샛노란 바람이 분다. 커피 잔에 감긴 남자의 긴 손가락에 나는 자꾸 눈길이 간다. 영화에서 본 듯한 보조개가 인상적이다. 헐렁한 흰 티를 엉덩이까지 내린 남자는 중간을 댕강 자른 반바지 차림이다. 남자의 붉은 입술에 살짝 묻어난 카푸치노 거품에 내 눈길이 간다. 오래 전 본 한국 드라마의 거품 키스가 생각나며 좀 부끄러운 장면이 상상된다.

지금 내가 영화를 찍고 있다고 나는 착각한다. 짧은 순간이지만 그의 시선이 싫지 않다고 느껴지며 내 심장에서 접시 깨지는 소리가 들릴 만큼 두근거린다.

남자가 잠시 비운 테이블에 ≪쿠퍼 씨의 행복여행≫이란 책이 놓여 있다. 프랑스 정신과 의사가 쓴 책이다. 나도 그 책으로 위로를 받았던 기억이 난다. 그가 야자수 아래서 서성거리며 담배를 피울 때 바람이 그의 까만 머리를 흩날린다. 한 편의 영화 장면 같다.

그리고 한 주간 케인즈에 다녀왔다. 거기서 그 영화배우만 생각했다. 인터넷으로 그가 뉴욕 태생이며 아버지는 역사학자, 어머니는 사진예술가로서 헝가리안이라는 것을 알았다. 헝가리라는 글자가 푸른 다뉴브 강물이 되어 출렁거렸다. 웬 다뉴브 강인지 글쎄…. 아름다운 태양의 도시 케인즈에서 돌아온 다음 날 카페 키오스키에 들렀다.

휴가를 마치고 그는 뉴욕으로 돌아갔을까 생각하는 순간 마법처럼 스트랜드 숲길에서 부드러운 티파니블루 목티를 입은 남자가 천천히 나타났다. 카페는 마침 호주 수상러드가 해변을 따라 이곳 스트랜드 산책길을 걸었다 하여 사람들로 자리가 꽉 차 있었다. 나만 내 자리에 혼자 앉아 있었다. 남자의 티파니 색 눈이 나를 잠시 응시했나 싶었는데 그는 커피를 주문하러 2층으로 올라가고 있다. 블루 운동화를 신은 맨발의 종아리가 매력적이다. 색이 조화로워 역시 영화배우는 다르다는 생각을 했다.

에드리언 브르디, 이름이 '브르디'라니! 그의 인상과 잘 어울리는 이름이다. 그의 낭만스런 이름은 오래도록 내 마음을 사로잡을 것이다. 그는 빈자리에 앉아 한참 동안 눈을 감고 있다. 다음 작품을 구상하는 건가? 어떤 작품일까?

나는 이른 시간에 대장 내시경을 촬영하러 시티병원으로 가고 있었다. 주차할 곳이 마땅치 않아 길 끝에 겨우 세우고 바삐 걸었다. 인도까지 물에 젖어있어 발꿈치를 들고 살살 걷자니 어지럽기까지 했다. 청소차가 계속 물을 뿌리고 있었다.

"팔로우!" 누가 나를 향해 인사를 하는 것 같다. 그런데 내게 팔로우 할 사람은 없다. 또다시 "팔로우~" 했다. 뒤를 돌아보니 배우 브르디가 고무호스를 들고 물을 뿌리다가 아는 척을 했다. 아니! 지금 촬영 중인가? 그는 청소부들이

나 안전요원들이 입는 노란색 복장이다. 짧은 순간 나는 주저앉을 뻔했다. 어디에도 카메라나 촬영 기사들이 보이지 않았다. 청소차와 작업하는 미화원들만 있었다.

나는 며칠 동안 두려워했던 내시경을 겁도 없이 해냈다. 의사가 들고 선 가느다란 줄이 영화배우가 들었던 물 호스처럼 보였다. 그가 내 목을 타고 들어갈 내시경 줄을 잡고 있다니… 으악!

친구에게 전화를 걸었다 "얘, 너 그 영화 봤지? 코엑스에서 <킹콩> 봤잖아. 거기 남자 주인공 있지? 키 큰 미남배우 말이야. 그 땅딸보 말고…. 그 남자하고 커피 마셨다."라고 속사포로 말을 하니 친구는 어디냐고 묻는다. "아, 얘는 어디긴 어디야 퀸즈랜드지!" 하고 전화를 뚝 끊었다. 카카오톡으로 문자가 왔다. "너 그 남자하고 진짜 같이 있었니?" 나는 문자를 보내지 않았다.

메기섬을 바라보며 걷는다. 바람이 많은 오늘, 카페 키오스키는 문을 닫았다. 팔로우! 헬로우! 왜 가슴이 내려앉는 걸까.

두바이

　　30년 전의 두바이는 비행장 뼈
대만 있던 사막이었다. 아스팔트를 끼고 인공적으로 심은
키 작은 가시나무가 있었을 뿐 썰렁하기 이를 데 없었다.
지금의 중앙동에는 제법 푸른 야자수로 넘실거린다.

　　30년 전 나는 두바이의 중심지에서 살았다. 쉐라톤 호텔
은 그때도 있었다. 중앙선을 아무렇게 넘어도 제지하지 않
았고, 길 건너편에는 알구니아 쇼핑센터가 있는데 온통 인
도 옷과 파키스탄 카페, 그리고 금은방으로 찬란했다.

　　그곳을 벗어나면 끓는 태양과 모래밭뿐이었다. '꾸리'라
불리는 근동에서 온 노무자들이 때가 잔뜩 낀 흰옷을 입고
낮잠을 자고 있었다.

　　그때 두바이에는 한국인 가족들이 열댓 가구 정도였는

데 거의 개인사업을 하는 사람들이었다. '옥호'라는 한식집도 하나 있었다.

나는 우리 집에 약 50명의 한국인들을 초청했다. 한국 사람끼리 얼굴이나 익히자고, 또 우리 집에 며칠 전 도착한 포기김치가 있다는 이유였다. 대한항공에 근무하는 남편의 회사에서는 카타르에만 오는 항공편으로 우리에게 포기김치를 부쳐주곤 했다. J회장님의 따뜻한 부하 사랑이었다.

나의 초청에 라스카이마 혹은 샤자에 사는 사람들까지 연줄로 거반 모였다. 그때 두바이에는 대사관이 없었다. 그야말로 우리에겐 불모지나 다름없는 환경이었는데 그립던 김치는 눈물겨운 맛이었다. 모인 사람들은 서로를 소개하고 김치 파티를 하기 전에 찬송과 기도를 하자고 내가 제의했다. 모두들 흔쾌히 받아들여 우리는 찬송과 기도, 주기도문으로 예배한 후 불고기와 김치 파티를 열었다. 우리 집은 열려있으니 부인들은 언제든지 방문해도 좋다고 말했다. 그리고 일요일에는 모여서 예배도 보았다.

벌써 30여 년 전 이야기다.

* P.S : 이것을 계기로 최초의 한국인들 예배가 필자의 집에서 시작되었고 두바이 한인교회 모체가 되었다.

멜번 공항에서

조금씩 보이지 않는다
차라리 괜찮다
먹는 것이 싫어진다
다 맛있으면
배 주리는 먼 땅 아이들에게
미안하다

조금씩 잊혀져 간다
잃어버리고 버려지려고 한다
걷는 것이 싫어진다
가벼운 영혼만 있으면
삶이 아픈 이 땅 모두에게
덜 부끄러울 것이다.

-jamaica cafe에서

아침을 걷는다

아침을 걷는다
기다리던 구름
저벅저벅 따라 나선다

등 굽은
몽그루나무의 허리감은 물의 소리가
칠월 까마귀소리 같다

타운스 빌 작은 동네로 간다
깃털 구름 뽀얀 살에
칭얼대는 삶이 얹힌다

호주 남단 코랄 강위
구름의 길이
저벅저벅 따라 나선다.

-Townsvill 호주 남단 항구 마을에서

시간

시간이 늙어간다
거친 비구름
시간이 녹는다

먼 길 가려고
구름 붙잡아
난다
훨훨 난다

천천히 벗는다
생각을 벗고
다시 돌아오지 않을
시간에 눕는다.

-2009 오렌지카운티에서 친구를 기다리며

생쥐

한국일보는 겉단장을 하고 번쩍거리고 섰는데 왠지 쓸쓸하다. 안국동 네거리에 서 있던 민영환 선생님의 동상도 철거되었나 보다.

찌그렁 커피 집에서 모과차를 주문한다. 낯익은 여주인이 웃어준다. 소풍간다고 떠나가 돌아오지 않은 천상병 시인의 카페. 시인의 아내 목 여사도 남편 따라 길을 나선 지 오래 되었다.

모과차는 알큰한 단맛으로 향기가 여전하다. 사실 천 시인은 시(詩)로만 알 뿐이고, 옥순 여사도 몇 마디 말을 나눈 사이가 아니지만 그녀가 그립다. 일 년에 한두 번 한국에 오면 꼭 들르곤 하는 찻집이다.

헌 책과 낡아빠진 테이블 그리고 통나무 의자지만 이 집

의 전통 차는 시인의 일그러진 눈썹처럼 정겨운 냄새가 난
다.

오늘 교보문고에서 얇은 책 하나를 샀다. ≪안국동 평전
≫이다. 양 박사님과 생쥐와의 관계를 알고 있는 나는 서점
맨 밑바닥에 깔리다시피 박혀있던 그 이름의 책을 보자 값
을 치르고 지금 카페 '귀천'에 와서 옛일을 회상한다.

한국일보 14층 경양식집으로 나는 삼촌에게 소개할 여
자를 만나기로 하였다. 그 시절에는 이곳이 꽤 괜찮은 레스
토랑이었다.

나는 시자가 소개할 여자를 30분 넘게 기다리고 있었기
에 문 쪽으로 시선을 꽂은 채 사방을 두리번거렸다. 식당은
조용했다. 창가 구석으로 한 테이블에 두어 손님, 커다란
해바라기 꽃병 곁의 남녀, 그리고 한 중늙은이가 신문을 보
고 있었다. 어디서 본 듯 했지만 누군지 몰랐다. 이들이 손
님의 전부였다.

노신사는 꼼짝하지 않았다. 신문지도 넘기지 않는 듯했
다. 둥근 테 안경을 코에 걸고 허리는 약간 굽힌 자세로

시종일관 움직임이 없었다. 나는 지루했다. 사십 분이 넘고 있으니 이제는 따분하거나 창피하기까지 했다. 꼭 바람맞은 여자 같지 않은가 말이다.

앞쪽의 노신사가 신문지 한 장을 조심스럽게 넘기는 듯 하더니 테이블 밑에다 눈을 박고 있었다. 신사의 낡고 거무죽죽한 구두 코 앞에 뭔가 조그만 물체가 움직이며 바닥을 핥고 있었다. 아니! 저 구두 앞에서 조물거리는 건 생쥐가 아닌가. 노신사가 날 힐끗 바라보다가 다시 자기 구두를 조심스럽게 응시했다. 나는 피식 웃었다. 노신사도 나를 보고 얼핏 웃어보였다.

기다리던 시자가 그녀와 들어와 마주 앉더니 내게는 기다리게 해서 미안하다는 말도 없이 "어머 양주동 박사님이시네!"라고 말했다.

양주동! 아하 양주동 박사님이시구나!

나는 손가락을 입에 대고 조용하라고 했다. 영문을 모르는 둘은 왜? 하고 물었다. 생쥐는 여전히 양 박사님의 낡은 구두에 얼굴을 기대고 있었다. 그리고 양 박사님은 미동 없이 신문을 보고 있었다.

얼마 후 양주동 박사님이 돌아가셨다는 기사를 보았다. 그 순간 나는 생쥐가 생각났다. 어쩌다 생쥐 한 마리가 그 경양식 집에 들어왔는지, 생쥐가 왜 박사님의 낡아빠진 구두 곁에서 식빵부스러기를 먹다 졸았는지, 박사님은 왜 생쥐를 발견하고도 쫓지 않았을까? 생쥐가 놀라지 않게 편히 먹고 쉬도록 보호하느라 움직이지 못했을까.

생쥐에게 꼼짝도 못했던 양 박사님을 천 시인의 카페 '귀천'에서 추억하고 있다. 창가에 서른네 잎 황금으로 피어난 해바라기 때문일까? 시인의 찻집 창가에는 항아리가 있고 개천에서나 볼만한 송사리가 산다.

나는 조심조심 바라본다. 양 박사의 마음처럼 나 역시 송사리가 놀라면 안 되니까.

영원한 다아링

　　윤혜원 할머니는 윤동주 시인
의 일곱 살 아래 누이로 1923년 만주 용정에서 태어났다.
사람들은 할머니를 '다아링'이라 불렀다.

　할머니는 지금 시드니에 없다. 그녀가 앉았던 빈 의자와
턱을 고였던 낡은 나무 식탁만 을씨년스럽게 남아 있다.

　예전 내가 다아링을 처음 만난 곳은 화이브 덕의 한인
교회에서였다. 그녀는 그때 나이가 오십대 후반쯤이었지
만 발그레한 볼과 촉촉하고 부드러운 음성을 가진 고운 여
성이었다. 그 후 다아링과 더욱 친하게 된 동기는 그녀의
남편 오 장로가 호주 시인으로 등단한 것을 기념하는 자리
에서였다. 호주 문단에서 시인으로 일찍 등단한 딸을 따라
갔던 나는 그 자리에서 ≪하늘과 바람과 별과 시≫라는 작

은 책자를 선물 받았다.

딸이 한국대사관으로 발령을 받았기에 나도 따라 한국으로 갔다가 다시 호주로 돌아왔는데 예전 교회가 네 개로 갈라져 있었다. 나는 한동안 다닐 교회를 찾지 못하다가 오 장로가 시무하는 교회에 등록을 하였다.

장로님 내외는 많이 늙어 있었다. 그들의 두 몸이 서로 지팡이가 되어 있었지만 나는 다아링을 따뜻한 마음으로 쓰다듬었다.

나의 딸은 ≪크리스찬 리뷰≫에 일 년 동안 시를 쓰다가 절필해버렸다. 자신의 업무가 많기에 문학에 눈길을 줄 수 없다는 것도 한 가지 이유였다. 그래도 딸의 마음은 시인의 마음이었고, 삶도 시처럼 살고 있었다. 다아링은 시를 쓰지 않는다는 딸을 독특한 눈웃음으로 흘겨보았다. 작은 키와 꼿꼿한 허리를 세우고 찬송가를 부르던 내 옆자리 할머니 다아링. 교회의 작은 텃밭에서 자라나는 민들레를 교인 할머니가 마구 뽑는다고 "민들레는 왜 뽑나? 내 행복의 꽃별을 네 넓적한 손으로 왜 뽑아 던지냐?" 라던 다아링의 마음을 지금 부는 바람 속에서 다시 느낀다. "저게 다 제멋대로 자란 것 같지? 야! 생명이야. 사랑해야 할 꽃들이라구. 이 시러뱅이 할매야!"라며 힐책하던, 고운 음성이 들리는 듯하다. 용정에서 살던 때를 회상하던 다아링은 늘 청춘이고 어린 소녀였다.

<낮에 나온 반달은> 노래를 오빠 따라 불렀고, 뒷동산 붉은 꽃밭에서 지천으로 피던 진달래꽃을 꺾어먹고 남매가 깔깔거리던 어린 시절을 때때로 생각해 내기도 했다. 잔뜩 따온 진달래 꽃잎 때문에 어머니가 빗자루로 볼기를 치자 대신 막아 서 주던 오빠, 그 오빠의 기억은 몇 조각뿐이었다. '오빠는 먼 곳에서 공부하고 있을 것'이라며 어린 다아링은 막연히 생각했다고 회상했다.

"마당을 지나면 얕은 돌담으로 그곳에는 무 밭과 부추 밭이 있었지. 부추꽃이 피기 시작하면 용정의 온갖 벌과 나비가 다 우리 집으로 와서 나랑 놀았단다."

퀭한 눈에 부추꽃을 연상한 다아링은 어린아이로 되돌아가 반달 노래를 불렀다. "교회 옆 미나리를 심었던 작은 물웅덩이에 개구리가 있었는데, 글쎄 어느 날은 올챙이가 바글거리더라니까…"라고 말하며 다아링이 들어올리는 손에는 오래된 은가락지가 반짝거렸다.

교회에서는 화요일마다 성경공부를 했다. 다아링은 좀처럼 한자리에 오래 앉아있지 않았다. 민들레가 핀 노랑 마당에서 민들레 꽃씨를 호호 불었다. 열두 시 정각에 모두가 식탁에 앉으면 꼭 남편 옆자리에 찰싹 붙어 앉곤 했다. 정말 귀여운 할머니였다. 남편은 팔순이 넘은 아내를 잘 보살펴 주었다.

어느 날 스트라에서 다아링을 잃어버렸다. 남편 오 장로는 사방으로 전화를 했고 우리는 경찰서에 신고했다. 늦은 오후 다아링을 분수대 옆 진달래 꽃무리 속에서 찾아냈다. 그녀는 그곳이 용정이며 조금 가면 집이라고 말했다. 우리는 그녀에게 치매가 왔음을 알았고, 그녀 가슴에 이름표를 달아주었다.

다아링은 추억 속을 헤매다가 넘어져 무릎이 깨지기도 하고, 동주 오빠가 뒷간에 데리고 간 얘기도 했다. "웬 뒷간이 그리 먼지, 오빠가 밤에는 너무 무섭지 않니?" 했다면서 혈육의 정을 그리워했다.

다아링이 입원하시어 성경반에서 단체로 문병 갔던 날이다. 젊은 박 목사가 "권사님 우리가 전부 몇 명이에요?" 물으니 "너희들이 예수님 제자냐? 뭘 열두 명씩 몰려왔어?" 했다. 그렇게 정신이 멀쩡한 다아링은 물도 넘기지 못했다. 오 장로는 마른기침을 하며 목이 메었다. 홍시가 너무 익었다고 뒷산에 가자고 남편 손을 잡아당기며 반딧불 같은 눈에서 눈물이 줄줄 흘렀다. 할머니는 고향산천을 헤매는 것 같았다.

다아링은 아흔 조금 못 미쳐 세상을 떠나셨다. 입원한지 일주일 만에 목사님 손을 꼭 잡고 영면에 드셨다. 낡은 성경과 신구약을 쓴 공책을 껴안고 오빠가 간 길을 따라나섰다. 시드니에서 한 줌 재가 된 다아링은 오빠 곁에 묻혔다고 한다. 화요 성경 공부반은 썰렁해지고 오 장로님은 서울의 자녀에게로 가셨다. 남겨진 반원들은 이제 아무도 그녀에 대한 얘기를 하지 않으며 민들레 꽃밭에서 꽃을 꺾으려 하지도 않는다.

"야, 나 죽거든 울지 말고 입술 새빨갛게 바르고 와서 신나게 노래하라구!"

눈깔사탕처럼 예쁘고 달콤했던 다아링! 오디를 먹고 시커매진 입술로 냅다 달아나던 일곱 살 소녀가 꿈결에 온다.

엄마의 빗자루로 다시 맞아보고 싶다던 우리의 다아링. 어느 땐가 나도 천국길 가면 다아링을 만나봐야지.

뚝!

그림자로도
남지 않을 거야
나는 눅눅한 어둠이
싫어
그냥 남겨졌다가
빛으로 갈 거야

엄마의 길이
이제 힘들어
낯설거나 모르거나
그냥
고개 들어
눈물 닦을 거야

뚝!

노년

누우면 잠들까봐
선 채로
서성거리다가
새벽 빗물소리에
주르르
눈물 떨군다

사랑은
시작도 끝도
아픈 건가
청춘의 그때보다
노년에
그리움은
너무나 서글픈
죽음이다.

쌍꺼풀

그녀는 육십을 훨씬 넘겼어도 아직 예쁘다. 하얀 피부에 주름이 적당히 얹히고 얼굴에는 깨꽃도 피었지만 주책없는 웃음까지도 그런 대로 봐줄만 하다. 젊어서는 호주의 노인요양원에서 고달프게 일을 했다. 부족한 영어와 미숙한 운전 실력임에도 20여 년을 근속한 그녀가 대견스럽다. 이제 정년퇴직하고 교회에서 열심히 봉사의 삶을 산다.

아들과 딸은 잘 성장하여 결혼하고 각기 남매를 두었다. 카페에서 만난 그녀는 가지런한 치아를 다 드러내면서 웃는 웃음이 카페 안을 흔든다. 한국인들은 좀 시끄러워도 그러려니 하는데 외국인들은 화들짝 놀란다. 그래도 우리는 별로 개의치 않는다. 우리는 그 카페의 오래된 단골들이다. 어떤 때는 커피를 두 잔씩 마시기도 하고 자리 값으로 별 맛 없는 크라상도 주문하기 때문이다.

주인은 상하이 여자로 나오는 얼싸안을 정도로 친한 사이다. 우리는 한국에서 갓 구입한 새 옷을 입고 카페에 가는 건 예의 차원이기도 하지만 한국인의 자존심이기도 하다. 때로는 책을 읽거나 ≪리빙홈≫이라는 잡지를 본다.

그녀가 한국으로 간 지 1개월 만에 호주로 돌아왔다. 집에 도착하자마자 내게 전화를 걸어 대뜸 "나 쌍꺼풀 했어." 했다. 한국으로 간 소식은 들었지만 헛돈을 조금도 쓰지 않는 구두쇠가 웬일인가 싶어 나도 놀라며 늘 가는 그 카페에서 만나자고 했다.

노스에서 스시 레스토랑을 경영하는 J도 불렀다. 부기가 덜 빠져 푸르스름하고 불그죽죽하게 멍든 눈퉁이를 바라보며 우리는 무슨 마음으로 수술을 결심한 거야? 비용은 얼마야? 아프니? 등등의 질문을 해댔다.

값은 모르고 사위가 신사동 어느 성형외과에서 해주었단다.

그녀 사위는 탤런트다. 그러기에 수술도 이름난 병원에서 제대로 받았을 것이다. 아무튼 예뻐 보이고 수술이 잘된 것 같다. 친구와 나는 거울을 꺼내 우리의 눈을 보았다. J는 춘향이 눈이요, 내 눈은 쌍꺼풀이 늘어져 완전 노인 눈이다. 우리는 누가 먼저랄 것도 없이 "서울 가자!" 라고 외쳤다.

그러나 J의 남편은 병환 중이고 나는 겁쟁이다. 그러니 가고 싶어도 가지 못할 것 같다. 한 주 후 쌍꺼풀을 다시 만났다.

친구의 얼굴이 환해지고 요즘은 남편과 자주 데이트를 한단다. '할멈'이라 부르던 호칭도 '미시즈 장'이라고 바뀌고. 눈이 가느다란 J가 "사람의 인생이 바뀌면 팔자가 달라진다더니 뭔 데이트?"라고 한다. 그녀의 남편은 키가 훤칠하고 교민사회에서 여성들의 인기를 한 몸에 받았던 인물이다. 이제 육십이 넘으니 가정에 충실한 편이다. 평소 그는 부인에게 "세상을 모르고 세련되지 않았다."며 통박을 주곤 했었다. 그런데 그 남편이 자신의 당뇨병을 안 후로는 집에 붙박이가 되었다.

요즘 쌍꺼풀 친구는 바쁘다. 어제는 내가 다섯 번이나

전화를 해도 응답이 없더니 오늘 다시 하니 "지금 누굴 만나는데 저녁에 걸겠다."는 대답이었다.

J와 나는, 그녀가 쌍꺼풀을 한 후 무척 바빠졌다며 은근히 야유했다.

상相이 달라지면 팔자가 달라지는지…! 젊은 시절 일만 너무 했다며 억울해하던 그녀가 은퇴 후 성형한 쌍꺼풀로 자신감을 얻었다면 다행이다.

며칠 후 부기가 완전히 빠진 그녀를 만났다. 요새 운동을 시작했다는 그녀에게서 건강미가 넘쳤다. 낡은 감색 면바지에 느슨하게 걸친 카디건, 그리고 같은 계열의 통굽 구두가 제법 멋지다. 언제나 빠글거리던 파마도 좀 풀어 내렸다. 한국에서 유행하는 핑크빛 립스틱도 썩 잘 어울린다.

우리 셋은 옛날 같으면 곧 죽을 나이다. 우리 어머니와 이모도 모두 그 연세가 좀 넘자 돌아가셨다. 그간 의기소침했던 쌍꺼풀의 과거생활은 이제 변했다.

집에 돌아와 나는 거울을 또 본다. 늘어진 눈꺼풀을 잘라 내? 아니면 좀 낮은 코를 살짝 높여? 처진 볼에 주사 한

방 맞아봐? 나 스스로에게 질문을 하다가 퇴근한 딸에게 물었다. "엄마 이번에 서울 가면 눈을 쩰까?" 하니 딸이 깔깔거린다.

"나보다 더 예뻐지려구? 지금도 엄마는 미인이야. 외국 사람들은 엄마를 사십 대로 봐." 하기에 나도 웃고 말았다. 사십 대로 본다는 외국인은 동태눈이지만 그래도 나의 용모는 아직 괜찮다는 생각이 들기도 한다. "계속 괜찮게 늙다가 천국 갈 테다."라는 나의 호기에 모처럼 모녀가 활짝 웃었다.

J가 내일 서울로 간다. 아흔셋인 어머니에게 건강하실 때 맛있는 음식을 사드리러 간단다. 사실 J는 참 우아하다. 몽글몽글한 눈웃음, 통통한 입술, 탐스런 머리카락, 적당한 크기의 엉덩이 등. 그러나 모른다. 그녀가 신사동 주소를 알고 있으니까. 째고 올지도.

길 위에서 만난 인연

시드니에서부터 무릎이 아팠지만 이번에도 일본으로 출장을 가는 딸을 따라 나도 여행길에 올랐다.

호주의 8월은 한겨울이다. 나이가 들어갈수록 추위에 몸이 움츠러들고 따뜻한 곳을 찾게 된다. 일본의 작은 도시 마이비시의 행보는 이번이 다섯 번째다.

처음 마이비시를 찾은 건 14년 전쯤으로 이곳에서 세계 문인대회가 열렸다. 그때 호주 문단으로 등단한 딸과 동행하여 인연을 맺었다. 그 후로도 호주대사관에 근무하는 딸이 일본 출장을 할 때면 나도 여행 삼아 따라와서 마이비시에 꼭 들르곤 했다.

이곳에는 우리나라의 불행했던 역사의 소용돌이에 휩쓸

려 떠밀려온 거제도 출신의 가여운 아짱이 있다. 나는 그녀에 대한 진한 동포애로 이곳을 찾곤 했다.

처음 아짱을 만나던 그때의 일이 떠오른다.

딸이 세계문인대회에 참가하는 시간에 나는 어느 낡은 찻집에 들어섰다. 찻집에 들어서는 나를 중늙은이 여인이 아주 반색을 하며 맞아주었다. 꽃차 한 잔에 띄운 붉은 꽃잎을 무심히 바라보고 있으려니 괜히 마음이 시렸다. 그녀는 내 빈 찻잔에 더운 물을 다시 부어주었다. 나는 그런 그녀를 바라보며 살짝 미소를 지어보였는데 근원 모를 슬픔이 그녀에게서 묻어났다. 작은 키와 거친 손이 내 슬픔의 무게를 더했다. 그녀가 한 입에 쏙 물릴 듯한 떡 두 개를 가져다놓으며 나와 마주한 통나무의자에 앉았다. 내가 미소를 보내니 그녀도 따라 웃었다.

창밖의 한 그루 백일홍이 내 눈길을 붙들었다. 다섯 조각의 꽃잎이 너무 붉어 나는 마룻바닥으로 시선을 고정시켰다. 그녀가 신은 덧버선에 백일홍 붉은 꽃잎이 수놓아져 있었는데 한 뼘 남은 햇살이 덧버선을 비추는 동안 나의 눈가가 촉촉해졌다. 백일홍은 내 유년시절 어머니의 꽃으로 각

인되어 있기에 사모의 정에 그만 눈물을 떨군 것이다.

그 후로도 그 찻집에 몇 번 더 들렀고, 그녀와 이런저런 이야기를 나누면서 그녀가 한국인인 사실과 일본에 정착하게 된 사연을 알게 되었다. 그녀는 거의 잊어버린 모국어였지만 나와 감정을 나눌 정도의 의사소통은 되었다.

그녀는 아홉 살 때 먼 친척 손에 이끌려 밀항선을 타고 일본으로 왔다. 남의 집 애도 돌보고 남의집살이, 가게 점원 등등 그녀의 고생은 이루 말할 수 없었다. 일본인과 결혼하여 아들 하나를 얻었고, 남편은 저세상으로 갔다며 마치 몇 십년지기처럼 자신의 신상얘기를 꺼냈다. 아마 내가 한국여성이어서 마음을 열지 않았나 싶다.

그녀는 손재주가 있었다. 손수 만든 앞치마, 덧버선, 꽃받침이며 작은 꽃들을 말려서 정성스레 붙인 색종이들을 수예품점에 납품하고 또 직접 팔기도 했는데, 딸과 나는 그것들을 사면서 그녀와 더욱 친해졌다.

이번 여행에서도 볼 일을 본 후 아짱이 사는 조용한 마을을 찾았다. 작은 돌다리 아래로 맑은 물이 흐르고 움츠린 듯 초라한 집, 집의 낡은 부분은 나무판자로 지탱한 모습도 여전했다. 아짱이 있는 찻집으로 갔다. 그런데 나를 맞은 사람은 언젠가 본 적 있는, 키가 훌쩍 큰 단발머리 소녀였다. 나를 알아보고 공손히 인사를 하였다.

"할머니는?" 나의 물음에 소녀는 할머니는 돌아가셨고 이 가게도 곧 문을 닫을 것이라고 했다. 아짱이 급성폐렴으로 작년 9월에 돌아가셨다고 한다. 지난 번 내가 이 찻집을 다녀간 지 한 달만이지 않은가! 나는 아짱의 갑작스런 죽음에 허탈해져서 몸을 가누기가 어려웠다. 그녀의 서툰 거제도 발음에 끌려 편한 휴식을 취하곤 했었는데….

창밖 백일홍은 이미 꽃이 다 지고 매달려 있는 꽃잎 한 장이 처량하다. 왠지 이제부터는 백일홍도 피지 않을 것이라는 예감마저 들었다. 백일홍 가꾸기에 정성을 다하던 생전의 아짱, 내 어머니가 사랑하던 꽃이었기에 그녀와 더 친밀하게 지냈을지도 모른다.

인연은 소중하다. 나는 지금도 아짱이 생각나면 그녀의 수예품을 꺼내본다. 아짱은 낯선 이국땅에서 부모 형제가 얼마나 그리웠던 삶이었을까. 연민의 정으로 가슴이 아프다. 천국에서 그의 영혼이 안식하기만을 늘 기도한다.

어느 이별

너는 고운 물결로
숨쉬는
푸름
하나 그리고 둘

바람 베개에 누워
나는 떨고 있다

불안이 증폭된다
가슴에 무언가 부딪친 것 같다
아픈가 보다

짐을 가지러 온
딸의 우울함과 어둔 표정이
나를
한없이 침잠 속으로
빠뜨리고 있다.

사위와의 대화

[1信]
   엄마는 너희들의 미래 가치를 본다
   지금은 천천히…
   피지 않는 꽃은 없다
   날지 못하는 새는 없다
   계절을 기다리며 희망을 본다.
   성공으로 가는 길목에서 엄마는 집중력으로
   묵상한다
   고독이 움직인다.

− 어머님, 희망의 메시지를 보내주셔서 대단히 감사합니다.
  좋은 조언은 우리가 유의 깊게 받아들이고 실천하고 있습
  니다. 어머님은 고독이 움직이고 있지 않습니다. 우리 마
  음속에 품고, 우리와 함께 움직이고 있습니다. −웅, 정민

[2信]
   ♥하는 아들

   행복을 배달해 주는 아들
   고독이 ㅎㅎ
   행동하는 나눔으로
   아픈 한국을 위로하자
   예능교회 안 노숙자들에게

양선을 실천하는 모임이 있는데
남대문 근처에서 따순 밥을 주는 모임에
한 번 동행해봐
하늘의 소식이 조용히 울릴 게야
목사님도 아마 참여하겠지
작은 선행은 미래에 올
꿈의 한 자락이 될 게야
에구! 대사님 실례했어요.

[3 信]

Jamaica blue에서
커피!
때때로 거리의 허술한 길목에서
천사를 만난다.
등 굽어 때 묻은 손 내밀어 은전 하나 달란다
그 손에 정갈한 푸른 돈 한 장
얼른 쥐어주고
돌아오는 그 길에서 똑같이 무릎 꿇어
엎드린 그에게 따순 커피 쥐어준다.
그리고 우리 제임스 얼른얼른 크라고
하늘 보고 웃는다
엄마는 선하게 살려 한다
너희들의 세상에 꽃이 되어 눕고 싶다.

- 어머님, 좋은 말씀 감사드립니다. 우리도 평창동 교회 옆
  에서 커피 한 잔 하며 이야기 나누고 있습니다. 정민이는
  창밖을 쳐다보면서 어머님 생각, 시드니 생활 등 그리운
  표정을 지으며 서울 생활에 적응하고 있습니다. 어머님 따
  뜻한 말씀 감사합니다. 좋은 하루, 맛있는 커피 즐기시길
  바랍니다. ─웅, 정민

[4 信]
웃고 있어도
보고파
혼자 바람 저쪽
♥하고 ♥하는 너희들…

넘 춥지? 꼼짝하기 싫은가?
일어나 걸어라
내일은 가난한 부자와 점심
그리고 빈손에 채워주기
하나님은 서로 ♥하라고
빵을 주라 하셨다.

어디에 목마른 그 누구 있는가?
소리 없는
향기가 되면 어떨까
길을 가다가 추운 노인

배고픈 젊은이 보게 되면
따뜻하게 미소 짓고 나누면서
원앙새처럼 살아라.

[5信]
마음을 비우는 연습을 한다.
낮아짐에 익숙하려고 오늘도
풀섶에 고개 숙인 어린 벌레를
물끄러미 바라본다.
제임스와 죠앤아!
가슴 넉넉하게 세상을 바라보아라.
♥하는 소중한 너희들
너희는 부모 형제
모두에게 아름답다.

우리의 별들아
지금이 얼마나 근사한 시간인가
충분히 ♥을 즐겨라
더불어 너희에게 다가오는
모든 사람과 교통해라.

아름다운 너희 지혜에
박수한다 −엄마가♥♥♥!

− 어머님, 아름다운 말씀 감사합니다. 현명한 조언을 실현하

려고 노력합니다. 우리가 경험하는 모든 것 순간순간 소중
히 여기고 있습니다. 어머님이 우리 바로 옆에 있다는 사
실에 많은 도움과 힘을 얻습니다. −제임스, 죠앤

[6信]
마음이 미소했다.
멀리 미국에서 친구가
메일을 보냈는데 거기 아들이(제임스)
내게 가득 웃음을 주었다.
읽어보고 안아보고 자랑스러워
눈물 찔끔

가득 겸손하고 우아하게
그러나 지혜롭게

내게 답글 쓰지 않아도 된다.
나는 너희와 호흡한다.
괜찮아 괜찮아

서로 이해하고 서로 감사하고
넉넉하자
깊이 숨쉬며 다시 웃는다.

− 어머님. 죠앤이 사진을 너무 멋있게 찍었습니다.

[7信]
　몇 번을 깨었다
　그리고 꿈을 꾸었다
　눈이 내리지 않는 시드니에
　하얀 눈이 쏟아지고 있었다.

　택시를 타고 Matter 병원에 갔다
　아무에게도 도움을 받을 수 없는
　한 사람의 보호자가 되어 사인을 했고
　그는 긴 수술을 끝내고 회복실로 돌아왔다
　나는 여윈 그의 손을 만져주었다

　아들아! 참을 살아라
　무한한 사람이 너희 삶에 미소하리라
　엄마는 징검다리가 되어 너희가 가고 있는
　길에 작은 꽃으로 웃고 싶다

　한국은 기회의 땅이다
　지금 너희가 딛고 있는 땅은 감사의 땅이다
　너희가 아버지의 나라에 빛이다
　조심히 다가가서 상처 난 조국에 위로가 되어라
　그렇게 되거라

　바쁠 때 천천히 조심스럽게
　사람의 모든 시간에 설렘으로

감사

엄마의 글 재미없어
국어 공부
나는 시간 죽이기

- 어머님, 정민이는 커피의 즐거움을 깨닫고 있습니다.

[8信]
거품 커피 한 잔
마른 입술에 남겨
ㅎㅎㅎ 웃는다.
청춘은 옳다
아름답다
아끼지 말고 사랑하며
서로에게 품어라
푸르른 날에는
그냥 둘만 비밀한 추억을
만들길
묵상의 날에
구름 흐르듯.

거품 커피 한 잔
마른 입술에 남겨
흐흐흐 웃는다

책 읽어주는 남자

　　성북동 고갯길에 북카페가 하
나 있다. 가게주인은 뇌에 관심이 있는지 ≪뇌 혁명≫을
비롯하여 비치된 책들이 거의 뇌에 관한 것들이다.

　　주말이면 한국말이 좀 서툰 남자가 핫쵸코를 홀짝이는
한 여성한테 관심 있게 대하는 모습이 다정하고 사랑스런
풍경으로 비춰진다. 남자는 다소 촌스런 생김새인데 말소
리는 꽤나 여유 있는 톤이다. 저음의 듣기 좋은 목소리인데
글 읽는 소리는 매끄럽지 않아서 웃음이 나올 때도 있다.

　　나는 그들과 좀 떨어져 앉았지만 두 사람의 대화를 저절
로 듣게 되는데, 갓 결혼한 부부의 정이 내게도 전달된다.
'아내'라는 말을 자주 사용하는 남자의 웃음소리에 섞여 낮
은 톤의 여자 음성은 잘 들리지 않는다. 그들은 영어로 대

화하고 있다. 그러다가 "뭐라구? 그게 뭔데?" 하는 걸 보면 여자는 책 읽는 남자의 서툰 한국말을 고쳐주는 듯도 하다. 남자는 책을 읽어주며 설명하고, 새로운 상식을 얻어들은 여자는 깨달음에 탄성을 지르기도 한다. 남자는 한국말의 기능機能에 익숙해지면서 한글에 매료된 듯하다. 책을 통하여 앎을 알아가는 그들의 기쁨이 내게까지 감지되곤 하여 그들을 흐뭇하게 지켜본다.

두 사람은 손을 잡고 있을 때가 많다. 네 개의 눈동자가 겹쳐지며 토닥거리기도 한다. 남자는 읽던 페이지에 여자 손으로 고정시키고는 손을 들어 두 번째 커피를 주문한다. 남자는 항상 "뜨겁게, 네, 아주 뜨거운 것이 좋아요."라며 주문하고, 여자는 식은 핫쵸코를 홀짝거린다. 남자는 웨이터에게 커피 양을 많이 달라는 말도 잊지 않는다.

그들은 책을 읽고 또 들으면서 침잠에 빠져든다. 나는 그 커플을 지켜보면서 '카페에 손님이 적어서 다행이다.'라는 생각을 한다.

반나절 이상 죽치고 앉아서 책을 읽고 듣는 남녀에게 카페주인은 늘 평온한 모습이다. 이들이 커피 두 잔에 초콜릿, 더러는 케이크까지 합치면 자릿세는 그럭저럭 될 듯도 하다. 하기야 요즘에는 노트북을 꺼내놓고 하루 종일 카페지기가 된 사람들이 많은 세태이기도 하지만.

남자는 커피를 내리는 주인에게 "오래 놀아서 미안합니다."라며 고개를 숙이곤 한다.

카페 주인은 지난해 12월부터 주말이나 주중에 들르곤 하던 그 단골 커플을 4월인 지금도 기다리는 듯하다.

어느 날 카페주인은 남자가 유창한 영어로 여자에게 책 읽어주는 소리를 다시 들었다. 우리말이 아니어서 뜻밖이란 표정을 짓는다. 남자가 타고 온 차를 내다보다가 다시 두 사람을 보았다.

주인은 고개를 갸우뚱하며 카운터로 가서 "외교관인 가봐. 저 차에서 내릴 때 기사가 문을 열어주더라."며 다른 손님들이 다 들릴 정도로 큰소리로 말했다.

토요일 오후, 여전히 남자는 책을 읽고 여자는 듣기만 한다. 그런데 이번에는 영어가 아니라 제3국의 다른 나라 말을 한다. 허름한 차림새의 남자지만 뭔지 모를 교양과 품격이 남다름이 느껴진다.

날이 저물고 검정 망토를 걸친 여자가 혼자서 언덕을 내려와 갓 구운 빵과 잼을 산다. 염색한 노란머리는 다소 엉클어졌어도 그다지 나쁜 모습은 아니다. 똑 떨어지는 서울 말로 주문하고 따뜻한 물을 얻어 마신 후 카페 안의 작은 진열대에 있는 책들로 시선을 준다.

어느 한가한 날 카페주인이 여자에게 "외국에서 왔죠? 어디요? 미국? 호주?"라는 물음에 "호주"라는 대답에 주인은 자기도 작년에 호주 '브리스 벤'에서 일 년 간 연수했다며 반갑다고 한다.

"그런데 남자 분은 한글을 잘 못 읽으세요? 왜 책을 듣기만 하세요? 그분은 뭐하는 사람이에요?" 라며 집요하게 카페주인이 묻는다. "그분은 호주대사구요. 나는 그의 부인입니다."라고 여자가 또렷하게 대답한다.

한국 여성들은 세련된 옷을 입고 화장하며 과격할 만큼 타이트한 티셔츠와 바지를 입어 몸매를 과시한다. 털털한 모양새의 한국인들은 이 카페와 어울리지 않을지도 모른다. 그런데 이곳에 진열된 책들은 ≪뇌의 혁명≫ 같은 전문

서적이 다수다. 남자 또한 그런 고차원적인 책을 읽는다. 자신의 몸집보다 크고 헐렁하며 거무스름한 색상의 점퍼를 입은, 자연스럽고 촌스런 생김새지만 그는 천생 한국인임을 증명하는 듯하다.

그런 대화를 나눈 후 어느 날, 남자와 여자가 그 카페에 들렀는데 주인이 먼저 반갑다며 인사하더니 그날은 티라무스 한 조각도 서비스로 내놓는다.

호주는 태평양에 뚝 떨어져 앉은 섬이다. 좌우 아래로 많은 섬들을 거느리고 하늘은 더없이 푸르다. 새벽공기는 항상 청정하여 콧구멍이 절로 벌렁거려진다.

멜버른, 타운스 빌, 펄스에는 일본인 출입금지 식당도 현존한다. 울등공에서 서부능선을 따라 바닷길로 가다보면 숨겨진 골짜기들이 나온다. 그 중에는 1943년쯤 한국 청년들까지 징용해와 동굴을 팠던 흔적이 남아 있다.

그 언덕 아래 호주 식당에서 빵(데파)과 깡 커피를 파는 곳에는 '일본인 금지'라는 팻말이 걸려있다. 오래된 낡은 팻말인데도 아직까지 떼놓지 않은 걸 보면 일본에 대한 반감이 크다는 증거가 아닌지 모를 일이다.

호주는 한국과 계절이 반대라서 9월이면 벚꽃이 만개한다. 누가 이곳에 벚꽃을 심어서 온 산야가 일본 꽃으로 뒤덮였는지 궁금하다. 교육도시 베러스트에는 강가 주변이 호주의 상징 나무 자카란다보다 벚꽃이 더 기승을 부린다.

호주에서 유년시절을 보낸 대사 부부는 부모로부터 한국 북한 일본에 대한 이야기를 많이 듣고 자랐다. 그리고 조국의 발전상과 안보에 관하여 걱정하며 김치와 고추장을 먹는다. 남자는 오늘도 여전히 ≪채식주의≫ 책을 읽고 여자는 듣는다. 주말의 풍경은 늘 이 카페에서 시작되고 끝이 난다.

남자는 두 살 때, 여자는 초등학교 때 조국을 떠났기에 고국에 대한 향수는 거의 잊었을지도 모른다. 그러나 호주 대사로 한국에 부임하면서 그들의 원초적인 나라, 한국에 대한 기대와 염려는 한층 깊어질 것이다.

나는 재임기간 동안 부부가 한국을 위해 모든 일을 잘해 내리라 확신하는 마음이기에 행복할 뿐이다.

* 참고: 젊은 부부는 저자의 딸 내외로, 현재 주한 호주 대사 부부다.

아빠

무척 오래 전 한 동네에 사는
후배와 만나기로 하여 길을 가고 있었다.

뽕잎가루로 만든 국수와 만두가 유명하다기에 가는 도
중 빵집 모퉁이에서 노숙자로 보이는 한 사람과 마주쳤다.

나는 시선을 마주치기가 어색하여 건너편 옷가게로 얼
른 눈길을 돌리고 식당으로 들어갔다. 후배는 이미 와서
신문을 뒤적이고 있었다. 식사를 하며 내가 노숙자 얘기를
했더니 후배가 그 사람에 대한 말을 했다. 어느 날 새벽
어디를 가던 중 그 노숙자가 공사장에 피운 불은 쬐다가
누군가에게 된통 구박을 받더란다.

나는 불쌍한 사람이 불을 좀 쬐었기로서니 뭐 그리 야단
맞을 일인가 생각하니 속이 상해 만두가 뜨거운 줄도 모르

고 삼키다가 재채기가 나오며 목까지 아렸다. 그는 봄부터 대형마트 앞에 놓인 의자에 앉아 마치 저승 가는 길이라도 익히려는 듯 진종일 먼 하늘에다 시선을 박고 있다. 그가 앉은 언덕 중간쯤에 우리 집이 있고 그 아래 둔덕에는 개나리와 진달래가 만발했다. 그가 진분홍 꽃 속에 앉아 넋을 잃은 모습은 마치 구도자가 묵언의 기도를 하는 모습마냥 성스럽게까지 보일 때도 있다.

어느 날, 바람이 불어 키 큰 아카시아 꽃나무에서 꽃비가 내리고 있었는데, 그는 영양실조로 녹색 눈이 된 강아지 한 마리를 품에 안고 있었다. 이름을 물으니 '강두'라는데 힘이 없어 그런지 짖지를 않았다.

나는 남편이 아끼던 오리털 점퍼와 부츠를 가지고 그 사람에게로 갔다. 미처 준비하지 못한 두터운 양말을 사기 위해 삼거리까지 뛰어갔다 오니 그 사이에 그는 말끔한 신사로 변해 있었다. 강두에게는 사온 소시지를 물리고 돌아서려는데 그가 멋쩍은 웃음을 흘렸다.

그날 늦게 돌아온 딸이 대뜸 "그 아저씨가 입은 옷 아빠 꺼지?" 했다. 키 큰 그 남자가 몸집만 좀 더 좋았더라면 남편과 쌍둥이로 보였겠다며 우리는 웃었다. 그날부터 딸은 그 사람 얘기를 할 때면 우리끼리 그냥 '아빠'라고 부르자는 제안을 했다.

아빠는 남편과 거의 같은 연령쯤으로 보였다. 더러워진 이목구비지만 한때는 큰소리도 쳤을만한 꼿꼿한 자세였겠다. 나는 그때 네덜란드를 떠나 호주에서 거주하는 아들에게로 향하는 남편을 잠시 떠올렸다. 동떨어진 환경의 두 사람 인생을 생각하니 나도 모르게 아빠에게 연민의 정이 일어나서 그의 마음을 위로해주고 싶었다.

나는 후배에게 그 사람 얘기를 하면서 공연히 화를 냈다.

"부자들이 산다는 평창동에서 그 노숙자 한 사람 쉬게 할 만한 공간과 인정이 없단 말인가!"라며 핏대를 올렸다. 우리는 식당에서 나와 커피숍에 앉아서 뜨끈한 커피를 마시며 '산다는 것에 대한 의미'를 생각했다.

며칠 후 출근하던 딸에게서 전화가 왔다. 아빠가 고기집 앞에서 강두를 때리더란다. 어린 강아지가 소시지가 먹고 싶었나 보았다.

나는 부엌 창으로 보이는 사과나무의 무성한 잎을 바라

보며 아빠 생각을 했다. 내일 강두를 병원에 데려갈까, 목욕을 시켜줄까, 생각하다가 후다닥 집을 나와 언덕을 내려갔다. 구름이 그의 어깨까지 낮게 내려와 앉았고, 여전히 저승길을 찾는 듯한 모습이었다. 나는 그의 눈에 어린 눈물을 닦았다. 그의 손가락에 백금반지가 끼워져 있었다.

어떤 사연인지는 몰라도 그의 지난날들이 얼마나 깊은 고뇌의 삶이었는지 짐작되었다. 아빠에게도 가족이 있었을 것이다. 어떤 남편이었는지, 아이들은 있었는지, 불쌍한 한 인간에 대한 배려가 끝없는 슬픔을 불러일으켰다.

며칠 전 딸이 출근길에서 본 광경을 내게 얘기했다. 강두를 떼어놓으려고 하는데 매를 맞으면서도 그 곁을 한사코 떠나지 않고 노숙자가 들고 있는 헐렁한 자루 속으로 들어가려고 발버둥을 치더란다. 아빠가 횡설수설하는 모습이 정상은 아닌 것 같아 보였단다. 춥고 배고픈 날씨에 이미 그 남자의 영혼은 그에게서 이탈하려는 조짐을 보였던 것 같았단다.

새벽기도를 마치고 마트 앞을 막 지나려는데 아빠가 젖은 땅에 비스듬히 쓰러져 있었다. 반쯤 열린 입 안에 누런

금니를 보니 예전의 형편이 그리 비참했던 것은 아닌 터 같아 더욱 마음이 아팠다. 그런데 더 놀라운 사실은 강두가 주인 곁에서 운명을 같이 한 사실이다. 짐승도 제 주인과 같은 길을 간 셈이다. 세상에는 자기의 이익을 위해 남에게 못할 짓을 하는 인간도 많건만, 하물며 짐승도 자기를 사랑해준 주인을 배반하지 않았다는 사실에 나는 울었다.

나는 다리가 후들거려 언덕을 천천히 올라갔다. 그 사람이 마치 나를 부르는 것만 같은 공포가 엄습하며 현관에 들어서자마자 먹다 남긴 찬 커피를 콸콸 들이켰다.

눈물이 흘렀다. 비통의 눈물인가! 선잠을 깬 딸이 나의 어깨를 감싸 안았다. 난 이렇게 따뜻해도 되는 건가! 소외된 자를 그저 보고만 있어야 하는가!

불쌍한 사람을 돌보지 않는 이 사회가 싫다.

아무런 힘이 되어줄 수 없는 내가 싫다.

바람

넌
울지 않아도 된다
내 길은
네 길과 다르다

하늘 푸른 날에
나는 꿈이 되어
웃을 거다

넌
힘든 자의 위로가 되고
사랑이 되어
나 없는 거리에
등불이 되어
거리마다
웃음의 꽃으로
나에게 남겨진
소식이 될 것이다.

지나가는 것

아이들은 쑥쑥 자라나고
노인들은 실실 늙어간다

아이들은 깔깔대고
노인들은 비실댄다.
그
시간은 푸르고
이 시간은 색이 없다

어느 길이고 삶이다
모두가 바다가
낡아진다
솟아오르고
떨어진다

바람의 삶이고
바람의 길이다.

컬러 피플

차를 타고 시속 80km로 20여 분만 달리면 사탕수수밭이다.

그 근처까지 가자면 나무·시멘트·흙다리가 수없이 이어진다. 맑은 물은 졸졸 흐르다가 웅덩이를 만들고, 곁에는 우리나라 토란 잎 비슷한 생김새의 잎들이 자생한다. 차를 세우고 늪으로 간다. 얕은 물이 간질거린다. 작은 물고기들이 꿈을 꾸듯 야실댄다. 다시 한 십 분을 가면 마을이다.

사탕수수 농가에는 어보리진(원주민) 아이들과 호주의 노리끼리한 아이들이 섞여 사탕 수숫대를 빤다. 옥수숫대를 씹어 단물을 빨아먹던 예전 우리의 시골 풍경이나 다름없다. 아이들은 먹을 것이 없어서가 아니라 수숫대를 잘라 단물을 빨아보는 재미로 하는 것일지도 모른다.

어보리진은 피부가 보랏빛도 나고 고동빛도 나는데 아이들이 뜀박질하는 진초록 숲과 어울리면 보랏빛이 된다. 기름기가 반질거리는 피부에 새까만 눈동자, 그리고 갈대 같은 머리카락이 무척 아름답다. 여기에 노릇노릇한 호주 아이들 피부가 합쳐져 옹기종기 모였을 때는 묘한 조화를 이루어 그림 속의 모자이크 같다.

누가 농장주며 일꾼인지 나는 모른다. 두 피부의 사람들은 공놀이를 한다. 아이들이 무슨 일로 배를 잡고 활짝 웃어대면 웃음소리가 사탕수수밭의 수염들까지 히히거리는 듯한 느낌이 들며 수수의 흰 수염 꽃들이 바람에 날린다.

멀지않은 곳에 물놀이터 '워터 팍'이 있다.

배가 볼록한 보라색 아이들과 다리가 긴 하얀 애들이 함께 물비를 맞는다. 조금 멀리 엄마들은 오토바이 카페에서 파는 커피를 마신다. 바퀴가 세 개 달린 경운기 같은 차에서 핫덕이나 커피를 잠시 판다. 거기 모인 젊은 엄마들은 보라와 노란색의 피부끼리 따로 떨어져 있다. 결코 섞이지 않은 채 끼리끼리 잡담을 한다. 그런데 보라색 아이들은 백인 아이들이 입에 물었던 핫도그를 한입 쓰윽 얻어먹고 깔깔댄다. 자유와 평등의 모습이다.

아이들은 피부가 달라도 괜찮고 말이 달라도 통한다. 급하면 울고 좋으면 웃는다. 그러다가 모두 데굴데굴 구르고 또 노래를 한다.

나는 그곳으로 한 달 정도 휴가를 갔다가 왔다. 산책로는 여전히 걷는 사람들로 충만하고 낡은 벤치에는 책 읽는 사람들로 한가롭다. 토요일 정오, 워터 파크의 물속에서 아이들은 잘 논다. 자신의 몸을 흠뻑 적시며 좋아죽겠다는 표정을 지으며 백인 아이들은 몸을 비틀고 웃는다.

그런데 잠시 후 보랏빛 아이들과 원주민 엄마들이 안 보인다. 잔디밭에도 벤치에도 하얀 엄마들만 있다. 저녁 산책로에도 그들이 보이지 않는다. 간혹 술 취한 어보리진 남자들이 이 숲에 보이긴 했어도.

이곳에서는 두 피부색 사람들이 사이좋아 보였는데…. 사탕수수 농장에도 백인 아이들만 숨죽이고 논다. 이 평화롭고 작은 숲속 마을에 술주정꾼이나 마약을 한 원주민이 무슨 잘못이라도 저지른 것일까? 가끔 경찰들이 보이니 내 마음도 불안해진다.

늦지의 작은 송아지들에게 물어 본다. 여기서 놀던 어보리진 아이들은 어디로 갔니? 하얀 냇물 속 황토 빛 물방개들이 물가에 늘어진 토란대 이파리 위에서 '뭐~ 수용소 같은 시설에 갔을 거야!'라고 일러주는 듯하다.

토란대가 흔들린다. 아침에 맺혔던 이슬이 동그랗게 떨어져 물 밑으로 숨는다.

사탕수수 농장에 슬픈 곡소리가 들린다. 이 땅의 원래 주인은 그 원주민들이야. 어보리진이라구….

아이들은 국경도 피부색도 초월하여 천진난만하게 웃음을 날리건만, 왜 성인이 되면 이전투구에 눈이 멀게 되는 걸까?

하나님이 창조하신 천상의 낙원 그대로 모든 인종이 어울려 사는 세계는 요원하기만 한 걸까. 갑자기 내 마음이 칠흑으로 바뀐다.

다문화의 나라 (1)

한자漢字 명으로 호주濠洲라 불리는 오스트레일리아는 자연 친화적 문화의 나라다.

160여 개국으로부터 온 이민자들로 구성된 나라여서 각 나라마다의 특수성이 있고 다양성 또한 독특하다. 피부색과 언어, 생활 습관 등이 다르고 문화적 배경 또한 다르다.

금요일 오후부터 시작되는 호주의 주말은 매우 다채롭다. 사람들은 주말에 특별한 계획을 짜지 않고 지역 사회에서 만들어 놓은 각종 놀이시설에서 여가를 즐긴다. 누구에게나 연령에 맞게 할 수 있는 놀이며 체육시설이 곳곳에 잘 갖추어져 있기 때문이다. 오락장·공연장·수영장·운동장 등 자신에게 맞는 취미나 운동을 효율적으로 할 수 있으며 식당도 구비되어 있다.

주변의 넓은 잔디밭에서 준비해온 음식을 조리할 수 있는 가스 테이블에 동전 몇 개만 넣으면 작동되니 매우 편리하다.

사람들은 큰 나무 밑의 벤치에 앉아 졸기도 하고 독서나 뜨개질을 하며 풍경 속의 한 일원이 된다. 남녀노소 구분 없이 여가를 선용하는 이들의 모습은 한가롭고 평온하며 자유를 누리는 모습에서 행복의 실체를 보는 듯하다.

아이들은 크리켓이란 야구와 부메랑을 던지며 놀기도 한다. 외곽지대 바닷가로 나간 사람들은 바다낚시를 하거나 일광욕을 즐기고 요트를 타기도 한다.

어떤 놀이를 해도 비용이 저렴하여 마음만 먹으면 누구나 쉽게 즐길 수 있다.

모든 시설에는 준비된 강사나 도우미들이 항상 대기하고 있어 안전하며, 열린 마음으로 누구나 친구가 된다. 이곳에서는 장애인이 있어도 정상인과 구별하지 않고 취미 생활을 어울려 한다. 장애와 비장애를 구분하지 않는 관념이 보편화되어 그야말로 장애인의 천국인 셈이다.

호주는 가족 중심의 사회다. 딸들은 결혼하여 친정 근처에 살면서 아이들 양육은 대개 친정의 도움을 받는다. 그러기에 고부갈등이 아니라 장모와 사위 간의 갈등 문제가 있다고 한다.

백화점은 오후 5시 30분이면 모두 문을 닫는다. 단 목요일에는 9시까지 연장한다. 토요일에는 좀 자유롭게 정오나 오후 4시까지, 각 고장마다 조금씩 다르다. 슈퍼나 시장, 백화점 등 어느 곳이든 남녀 비율이 거의 비슷하며 아이들도 함께 하는 모습에서 역시 이곳은 가족 중심적인 것 같아 마음이 흐뭇하다. 부부와 연인들이 함께 쇼핑을 하거나 좀 멀리 나가서 숲을 거니는 '부시워킹'이 보편화된 이 나라에서 나는 진정한 평화를 느낀다.

출퇴근하는 대중교통, 버스나 기차 안에서는 누구나 책을 읽는다. 요즘에는 스마트 폰 전성시대라 좀 달라지긴 했지만, 그래도 독서인구가 많다. 책들은 재활용 종이로 만들고 책 읽는 장소가 특별히 정해지지 않아도 커피를 마시며 독서에 열중하는 모습은 어디서나 눈에 띈다. 잔디밭에서 배를 깔고 엎드려 책을 읽는 가족들 모습이 참 평화롭다. 고성방가나 전화벨 소리는 들을 수가 없다.

또 이 나라 사람들은 여행을 위해 사는 것 같은 착각이
들 때도 있다. 연인, 친구, 주부들은 인도네시아의 발리로,
학생들은 미국이나 유럽 쪽으로 많이 간다. 그런데 그들은
호텔에 투숙하기보다는 민박이나 공동시설을 이용한다.

여행 안내정보는 컴퓨터나 슈퍼마켓 게시판에 다양하게
소개되어 있기에 손쉽게 얻을 수 있다.

젊은 부부들의 경우 아이를 맡기는 기관이 동네마다 있
으며 프로그램이 잘 짜여있다. 교육을 받은 유아 담당 직원
이나 자원봉사자의 성실한 봉사로 어느 곳이건 시설을 안
전하게 이용하며 즐긴다. 비용은 대부분 아이들에게 지급
되는 정부보조금으로 충당한다. 아이 양육에 필요한 돈은
고등학교에 가기까지 부모에게 지급되고, 대학을 가면 학
비보조금이 나온다. 이곳 대학생들이 아르바이트를 하는
이유는 대개 여행비를 마련하기 위해서다.

이민자로 이루어진 이 나라 사람들은 자기 나라 민족의
풍습에 따라 먹고 입고 노는 것 방법이 모두 다르다. 흥미
로운 광경은 주말 시장에 민족의상을 입고 나와서 양고기

로 점심을 먹고, 교외 사원 근처에서 시간별로 치르는 예배에 참석한다.

유럽에서 더 살기 좋은 곳을 찾아 이 땅에 온 이민자들, 특히 이태리인들은 유독 가족 중심으로 살아간다. 사돈의 팔촌까지도 뭉쳐 상부상조하고 자기들만의 공동기구를 만들어 주말 문화를 즐긴다.

중국도 100년이 더 된 이민 역사를 가졌으며, 그들은 생사를 함께한다는 결의가 대단한 민족이다. 생업은 음식점을 주로 경영하는데 최소한 상점 거리 확보를 두어 경영상 피해를 주지 않도록 서로가 노력한다. 그들이 만든 '중국이민자치단체'의 금융기관으로부터 자금을 조달받으며 사업이 제대로 운영되기까지 전적으로 협력을 받는다. 중국인들은 각 주마다 들어가서 요식업으로 성공적인 삶을 산다. 그들 자녀들도 호주 정부에서 매년 실시하는 '대학입시준비' 시험에 최고 점수를 기록한다.

다문화의 나라 (2)

　　　　　　　　　　호주에도 한국이민자들의 공동
체가 있다. 우리나라만의 크고 작은 민족 고유 행사가 진행
되며 이민 초보자의 삶을 돕고 종교 활동을 통해서 집단 사
회를 이룬다. 이민 초기 사람들은 노동을 하기도 하지만 주
로 개인적인 상업이나 요식업에 종사하고 있다.

　이민 역사 50년 동안 변호사, 의사, 정부 공무원 등에
진출하여 정착을 시작했고, 대학능력시험에는 중국을 앞
질렀다. 이곳에서도 한국계 이민자들은 자녀교육열이 대
단하여 한인 밀집지역에는 학원이 많다. 최근에서 타민족
자녀들까지 합세하여 학원 사업이 대단히 성행한다.

　한인들도 자주 어울려 바다, 산, 들로 놀러나간다. 그런
데 바다에서 전복을 싹쓸이하고, 산에 돋아난 고사리를 눈

에 보이는 대로 뜯어 와서 한국에 있는 가족에게까지 보낸다. 그래서 한국인이 가는 곳에는 무엇이든 바닥이 난다며 비아냥거리는 소리도 심심찮게 들린다.

초·중등학교 시절에는 남녀가 따로 분리하여 배우는 과목이 별로 없다. 수영장에서 남녀 같이 한 팀이 되어 몸싸움을 하고 바느질도 배운다. 또 벽돌을 굽거나 책상을 만들기도 한다. 학교에서는 매달 벼룩시장을 열어 각 가정에서 안 쓰는 장난감, 책, 옷가지 등을 팔기도 하고 서로 바꾸기도 한다.

초등학교 시절에는 베개와 잠옷을 챙겨 친구 집으로 가서 잠을 자면서 우정을 다지고 가족 간의 유대도 깊게 한다. 그 가정의 분위기에서 어른 공경과 서로를 배려하는 사랑을 배우며 다른 문화를 체험한다. 이런 행사를 통하여 사춘기 아이들의 탈선을 막고, 건전한 교제로 이성을 존중히 여기는 풍토風土를 아이들 마음에 심어준다. 누구나 자신의 집에서 '사랑 받는 존재'라는 인식을 하게 되는 계기를 만들어주는 셈이다.

일정한 나이가 되면 열심히 일하고, 또한 열심히 살아온 사람들이란 인정을 받으며 누구나 연금을 받는다. 연금은 금요일 전에 각자 통장에 입금됨으로써 노인들은 주말이면 활기찬 삶을 만끽한다. 이 수당은 장애인에게도 할당되기에 그들이 불편한 생활을 하지 않도록 정부가 특별보호를 한다. 그들은 복지시설 이용은 물론이거니와 병원, 의료기구, 여행, 진학, 결혼 등 사회 전반의 걸쳐 혜택을 받는다. 그들이 당당하게 사는 모습을 보면 사회가 건강하다는 증거가 아닐까 싶다.

호주의 국토는 한국(남·북한)의 38배나 된다. 사막과 평야, 높은 산과 바다가 골고루 분포되어 잘 어우러진 나라다. 사계절이 분명하고 눈을 볼 수 있는 나라다. 스키장은 세계 최고를 자랑하는 레저산업이다. 깊고 적막한 산속에는 각국에서 온 과학자·평화주의자·예술인 및 과거의 전쟁 영웅들이 새로운 정신세계를 꿈꾸며 외부와의 접촉을 차단하다시피 살아간다. 그들은 주로 자연식을 하며 살생 금지를 규칙으로 삼는다.

국토가 넓다보니 그런지 도시로부터 밀려난 발가벗은 원주민들이 초막이나 동굴에서 원시 모습 그대로 사는 민족도 있다. 순박한 원주민들, 그들만의 독특하고 특별한 미술품들은 세계 시장에 이미 이름이 널리 알려져 있다.

또한 이 나라는 노동자들의 천국이다. 새벽 청소차를 따라 쓰레기를 나르는 현역 정치인들도 있는데, 이들은 운동을 목적으로 자원봉사를 한다. 헐리우드의 유명 여배우도 이곳에서는 보통 시민으로밖에 취급을 받지 못한다.

호주 수상에 당선되면 이웃 주민의 샴페인 세례를 받으며, 햄버거가게의 여주인도 국회의원에 당당하게 당선되는 사회다.

동네 집집마다에는 담이 없다. 아침저녁으로 인사를 나누고 음식을 주고받는다. 백호주의는 이제 거의 사라져 보통 시민은 체감하지 못한다.

사막에는 하얀 목련이 피고 정거장 옆집 노천카페에서는 낮술에 취한, 자칭 걸인들이 노래를 부른다. 이들도 저녁이면 시 소속의 보호차량이 잘 곳으로 데려가서 샤워를 하게 하고 제대로 된 식사를 제공한다. 이튿날 아침이면 그들은 차량이 와서 같은 장소로 옮겨주고 자유인이 되게 한다.

호주는 꿈을 꾸는 땅이다. 노동자와 걸인, 예술가와 정치인들이 다른 국적이라도 서로에게 미소를 보낸다.

내가 태어난 나라는 한국이건만 수십 년 살아온 호주라는 나라에 애정이 생긴다. 일 년에 한두 번 한국에 오면 사회는 여전히 각자 목소리를 내는 사람들로 어디서나 고함이 들리며 모두가 바쁜 모습들이다. 세종로 광장에는 늘 피켓을 들고 아우성을 내지르는 정당과 시위꾼들 모습이 보인다. 뉴스에서 전신이 오싹해지는 사건 소식이 들릴 때마다 예전의 순박했던 한국인의 인심이 그립기만 하다.

내가 문학인의 반열에 들면서 L박사님의 소개로 만나 친하게 된, 문재文才라 생각하는 한 친구가 아니라면 나는 한국에 올 특별한 이유도 없다. 나의 졸작拙作도 그 친구의 손을 거치면 주제가 분명한 수작秀作이 되니 인생 늦깎이에 좋은 벗이 생겼으니 이 아니 좋을손가!

호주의 밤은 몽환적이라 느껴질 만큼 보랏빛 안개가 서린다. 그럴 때면 친구가 그립다. 호주는 꿈꾸는 사람들이 별을 만지는 나라다.

2 가족의 의미

라마다호텔에 불을 내다

　　　　　　아들을 만나기 위해 시드니로
출장 가는 딸을 따라나서니 마음이 설렜다.

　라마다호텔에 도착하여 여장을 풀었다. 높은 천장에 붉은 페르시아 카펫이 깔린 아름다운 호텔이다. 입구로 들어서자 두 마리 낙타가 걸어 나와 나를 반기는 듯하다. 벽면에 그려진 실물 크기의 낙타 모형들을 보니 몇 년 전 관광으로 횡단했던 라스카이마 사막이 생각났다. 거실은 은빛을 띤 티파니블루가 아늑하고 평화롭게 보였다.

　나는 방에 들어가 준비해온 반찬들을 꺼내놓고 낯익은 죠오지 거리로 바삐 나섰다. '금방울 월츠'라는 대형마트가 보였다. 잘 포장된 육류와 붉은 고추며 야채, 잘 익은 망고와 키위, 체리도 바구니에 넉넉하게 담았다. 이름 모를 열

대과일이 잘 배열된 코너를 지나 티라무스 케이크도 세 조각 샀다. 집에서 만들어온 고추장 양념에 돼지 삼겹살을 조물조물 무친 찌개냄비를 낮은 불에 올리고 야채를 큰 접시에 소복이 담아 식탁에 놓았다. 미리 조금 익혀야 아들이 오면 금방 먹일 수 있을 거란 어미의 사랑에서였다.

TV를 켜는데 아들에게서 전화가 왔다. 호이츠 극장을 지나고 있으니 지난 번 갔던 에디오피아 커피 집으로 나오라는 것이다.

나는 수화기를 얼른 놓고 아들이 보고 싶은 마음에 머플러를 집어 들고 허둥지둥 피트 거리로 내달렸다. 늘 떨어져 있는 처지라 아들 음성을 들으니 그리움이 북받쳐 울음이 울컥 나올 것 같았다. 키가 큰 아들의 긴 팔이 멀리서도 보였다. 손을 흔드는 걸 보니 아들도 무척 반가운 모양이었다.

우리는 카페로 들어갔다. 벽면은 붉은 커피 알갱이로 장식되어 입구로 들어서자마자 커피향이 진동했다. 주둥이가 긴 주전자에서 자욱한 증기를 뿜으며 진한 커피를 내린다. 체크무늬의 붉은 터번을 멋있게 쓴 청년이 어두운 색상의 깊은 커피 잔을 내 앞에 놓았다. 인상이 선하게 생긴 커피 생산국의 사람이었다.

싱긋 웃는 아들이 남편을 꼭 빼닮았는데, 지금 내 곁에 없는 그 사람이 문득 생각난다. 뜨거운 커피를 한 모금 마시는데 왠지 가슴이 아리며 아름다웠던 지난날의 먼 시간들이 그리워 눈물겨웠고, 되돌아가고 싶은 생각이 나를 울컥거리게 했다.

블루베리가 파묻힌 케이크를 한 입 문다. 오래된 기억이 자꾸 스멀거려 커피조차 씁쓰름하다. 아들이 넘겨준 전화기 너머로 딸의 음성이 들렸다. "밥부터 한다더니 벌써 커피냐?"냐고. 밥이란 말을 들으니 찌개냄비 생각이 났다. "아들아! 엄마가 가스 불 켜놓고 나온 것 같아. 아니, 냄비를 올려놓고 그냥 나왔어." 우리는 급히 뛰어나와 20층 호텔을 단숨에 올라가 문을 열었다.

뿌연 연기가 주방 쪽에 자욱이 퍼져 있었고 매운 냄새가 정신마저 돌게 했다.

나는 사색이 되어 어쩔 줄 몰랐다. 나는 가스레인지로

간 아들을 지나 창문을 열었는데 아들이 소리를 질렀다. 밖의 찬 공기를 만난 불길이 더욱 솟구쳤다. 나는 의자에 그만 주저앉고 말았다. 그때 화재경보기가 울리기 시작했다.

아들은 웃옷을 벗어 불에 덮고 그 위에 수건을 겹겹이 쌓았다. 불길은 잡았지만 연기가 거실과 천장에 가득차고 경보기와 복도의 비상벨은 계속 울렸다.

안내방송에서는 비상계단을 이용하여 질서 있게 밖으로 나가라는 지시를 내렸다. 계단은 달팽이처럼 휘어져 땅이 까마득한데 투숙객들은 한 줄로 대피하고 있었다. 철제 계단이 흔들거렸다. 지상을 보니 소방차가 즐비했다.

수영팬티만 입은 남자들과 물에서 금방 나온 아랍여성들이 검은 차도르 대신 수건으로 얼굴을 가리고 있었다. 그 와중에도 나는 여성들의 멋진 몸매를 보면서 '길고 검은 옷으로 몸을 싸매고 다니는 저 여인들이 불쌍하다'는 생각이 언뜻 들기도 했다.

도로로 간신히 내려온 내게 딸이 "엄마는 무슨 정신으로 핸드백까지 챙겨들고 내려온 거야? 저 아랍 사람들은 홀라

당 벗고 나왔는데….”라며 곱지 않은 시선을 보낸다. 그러고 보니 나는 어깨에 가방을 꽉 걸러 매고 있었다. 다행히 불은 꺼졌지만 소방차 출동비가 1대당 2천 불이란다. 딸은 “다섯 대가 왔으니 만 불이야.”라며 눈을 흘긴다. 나는 “만 불이면 한화로 약 1천만 원인데 내가 낸다.” 면서 오히려 큰소리를 치는데 갑자기 몸이 기우뚱하며 쓰러질 것 같았다.

라마다호텔은 사우디가 경영하는 곳이라 아랍인들이 많다. 그날도 대다수가 아랍인들이라 그 나라 언어에 능통한 아들이 매니저와 대화를 했다.

그 즈음에는 나도 정신을 차렸지만, 아이들한테 미안하여 아무 소리도 못하고 있는데, 힐끗 나를 쳐다보는 아들의 눈이 화가 난 것 같지는 않아 보였다. 하지만 ‘아들에게 오랜만에 한식을 먹이겠다고 불까지 냈냐?’ 라는 핀잔정도는 들을 것 같았다.

소방차들이 다 가고 주변 구경꾼들도 떠난 아스팔트는 흠뻑 젖어 있었다. 거실은 말짱했다. 렌지에 얹은 냄비와 아들의 값비싼 점퍼가 모두 타버렸다. 불도 제대로 나지 않았는데 천만 원 정도의 벌금을 물어야 하는 건 좀 너무하다는 생각이 들긴 했다. 그때 아들이 '사씨케밥'을 사들고 돌아왔다. 아들을 보니 눈물이 났고 아무 말도 하지 않는데도 눈치가 보였다.

아들과 딸이 영어로 주고받으니 자세히는 모르겠으나 대충 들으니 "엄마는 혼이 나봐야 한다."는 말이었다. 그런데 목소리가 의외로 부드럽다. '저희들이 돈을 내려나!' 생각하며 나는 잠에 곯아떨어지고 말았다.

이튿날 벨소리에 잠이 깼는데 남매가 출근하는 줄도 모르게 깊은 잠이 들었던 모양이다. 호텔방문 앞에 무슨 기척이 나기에 열쇠 구멍으로 보니 얼굴들은 안 보이고 꽃다발만 눈에 가득 들어온다. 문을 열고 나가니 호텔 지배인과 객실 여종업원이 내게 또 꽃다발을 안긴다.

"너 괜찮으냐? 많이 놀랐겠다. 걱정하지 말라." 는 등의 위로 말을 건넨다. 그들의 부드러운 음성에 내 마음이 촉촉이 젖어 자칫 눈물이 날 뻔했다. 그때 딸로부터 전화가 왔다.

"엄마, 벌금 안 물어도 돼! 내 변호사가 다 해결했어."

하는 게 아닌가. 그러면서 내일 병원에나 가잖다. 자면서 내가 앓는 소리를 하더란다. 그 말을 들으니 천만 원이 공짜로 생긴 것처럼 공중에 둥둥 떠다니는 것 같았다.

"세상에 장한 내 새끼들…." 거실을 정리하고 깨끗이 닦아놓은 렌지 위를 보고 또 본 후 엘리베이터를 타고 내려오니 몇 명의 아랍여인들이 밝게 웃으며 "너! 불낸 여자지? 얼마나 놀랐냐? 너 때문에 우리는 벌거벗고 공중 쇼를 했단다." 라며 서툰 영어로 나를 위로해 주었다. 그제야 눈물이 나서 한참을 울었다. 평소 나는 아랍인들에 대한 편견을 가지고 있었는데 그 날 이후 그들에 대한 시각이 바뀌었고, 진정 고맙고 따뜻한 위로를 받았다.

키 큰 남편이 휘적휘적 걸어가는 뒷모습을 떠올리며 비록 혼자 남은 나의 처지라지만 살아갈 용기가 생기며 스스로 내 마음을 다독였다. 앞으로 내가 살아갈 시간들이 내 영혼을 따뜻하게 감싸주리라 싶다.

휴거

　　　　　　　40여 년 전의 한 사건을 생각하면 황당하여 지금도 몸 둘 바를 모른다.

　그때 사건이 실제 상황이었다면 아마도 나는 천국 낙원에 가 있을 것이다.

　당시 나는 청와대 근방 한옥에서 살았다.

　어느 날 이른 저녁나절쯤 비행기가 나는 것 같기도 하고 나팔소리 비슷한 고음이 네 귓전에 진동했다. 나는 좁은 마당에서 고개를 젖히고 하늘을 올려다보다가 좀 더 자세히 보기 위해 장독대로 올라갔다.

　온 하늘이 너울대는 무지개로 가득하고 알 수 없는 글자 모양의 안개가 퍼져나가고 있었다. 나는 방안으로 뛰어들며 아이들에게 새 옷을 입히고 도우미 아줌마를 다급하게 불렀다. 우리 집으로 오면서 나의 전도로 교회를 다닌 지일 년된 아줌마도 공중을 쳐다보며 역시 두려움을 느끼는 표정이었다.

나는 모태신앙은 아니지만 예나 지금이나 나의 생활 철학은 오로지 주님께로 향하는 삶이다. 나의 법석에 아줌마는 영문을 모르면서도 '휴거'라는 내 말에 그저 벌벌 떨기만 했다. 아줌마는 "휴거가 무엇이냐?"고 자꾸 물었다.

나 역시 경황도 없고 떨리는지라 "죄 없는 사람들이 하늘로 들려 올라가는 것"이라고 말했다. 내 말에 아줌마는 기가 질리는 듯 냅다 엎어지더니 그동안 지은 죄들을 열거하기 시작했다.

겁을 잔뜩 먹은 아이들에게 우리는 모두 주님을 만날 것이라는 확신을 주고 기도하자고 말했다. 네 살짜리 딸이 "아빠는 어떻게 하느냐"고 물었고, 아들은 "아빠는 술 먹었잖아." 하며 하나님 하나님을 연발했다. 그때서야 영국에 출장 간 남편을 생각하며 그의 죄를 대신하여 내가 회개하고 용서를 빌었다.

나는 직녀처럼 아이들을 옆구리에 껴안고 아줌마도 바싹 끌어다 내 몸에 붙였다. 그렇게 시간이 얼마나 흘렀을까 나는 슬그머니 눈을 떠보았다. 아줌마는 그때까지도 죄를 고백하느라 정신이 없었고, 아이들은 잠이 들었다.

뭔가 이상하다는 생각이 들어 고개를 푹 숙이고 밖으로 나가 보았다. 옆집에 사는 고등학교 선생이 하늘을 올려다보는 중이었다. 이웃의 집사님 댁으로 가니 세상에!이 난리에 총각무를 씻고 있었다. 어쨌거나 그분이 땅에 그대로 계시다니 안심이 좀 되었다. 맥이 빠져 집으로 돌아오니 아줌마가 데굴데굴 구르며 웃어댔다.

뉴스에서 비행기가 어딘지 금지구역을 침범하여 경계 사이렌이 울렸고, 연막탄을 쏘았다는 게 아닌가. 그때까지도 두려움이 가시지 않던 나는 휴거가 왔다고 소동을 벌였던 자신의 행동에 어처구니없었다. 그러다 주님이 오시지 않으셨음으로 섭섭했고 내 부족한 성경 지식이 한심하여 눈물이 났다.

그때까지도 웃음을 그치지 않은 아줌마가 데굴거리며 웃느라 큰 젖가슴이 이리저리 마구 흔들리는 모습이 우스워 나도 깔깔대며 웃어젖혔다.

아이들은 쌔근쌔근 잠들어 아무 것도 모른 채 평온한데 아줌마와 나는 얼굴만 마주쳐도 웃으며 서로를 놀려댔다. 그 경황 중에도 나는 자기 죄를 회개하는 아줌마의 고백들 중 비밀을 다 알았으니 말이다.

그때 예수님이 천군천사와 함께 오셨더라면 얼마나 좋았을까! 구원의 확신을 항상 가지고 있는 나는 분명 천국에 갔을 것이란 생각이 든다.

사실 나는 내가 좀 더 가볍게 들려 올려지고자 엉덩이를 들고 있었는데 누가 그 광경을 보았다면 얼마나 웃었을까. 하나님도 그날 내 모습을 보고는 분명 웃으셨을 것이다. 1970년 그때가 그립다.

주님! 어서 오시옵소서. 할렐루야!

이모! 사랑해

연세 80인 이모를 만나기 위해 나는 안국동에서 전철을 탔다.

이모는 많이 늙으셨지만 머리를 염색하고 볼연지를 살짝 바르니 귀엽기조차 하다. 우리는 집으로 돌아오는 길에 메리어트호텔에서 둘째 조카와 만날 약속이 되어 있어 택시를 탔다.

"어디로 모실까요?"라며 기사가 묻는 말에 이모는 거침없이 "거~ 메리야스 호텔이요." 했다. 기사는 "메리야스요? 아~ 네. 메리어트 호텔이요?"라며 친절하게 정정해 준다.

나는 어떻게나 우스운지 배가 아플 지경이었다. "이모! 메리야스가 뭐요?" 라고 하니 이모는 태연하게 "아~ 기사

양반이 알아들었으면 됐지 뭐!" 한다. 그 말에 나는 기어코 폭소를 터뜨리고 말았다. 그때 기사가 하는 말이 "뭐, 메리야스는 괜찮아요. 아! 글쎄 어제는 아직도 젊어 보이는 아주머니가 '전설의 고향'으로 가자기에 내가 머뭇거렸더니 한참 만에 '예술의 전당'으로 '백' 누구의 피아노 연주를 감상하러 간다더군요. 그런 정신으로 무슨 감상을 하려는지…." 하며 기사는 혀를 찼다.

얘기를 듣던 이모가 "늙으나 젊으나 다 헷갈리며 사는 세상이야. 애! 그래도 메리야스가 좀 낫다. 뭔 전설의 고향이냐?"라고 말해서 또 한바탕 웃었다.

이모를 만나면 언제나 삶의 활력소가 될 웃음의 소재가 있어 즐겁다.

이모에게는 아들이 셋 있다. 첫째는 홍콩에 거주하는 사업가, 둘째는 정신과 의사, 셋째는 법대 교수다. 둘은 결혼했지만 막내는 노총각이라 이모는 막내와 산다. 막내가 가정이 없기에 아들 가는 곳은 거의 이모가 동행하니 팔자가 좋긴 하다. 이모는 밤낮을 가리지 않고 하루 대여섯 번씩 내게 전화를 걸어올 만큼 건강하시다.

어느 날 전화가 왔는데 다짜고짜로 "애! 나 지금 독일인데 독일 말 배우려고 학교 다닌다."라는 목소리에 신이 나 있다.

3개월 연구차 독일에 가는 아들을 따라간 이모가 독일어 학당에 입학을 했단다. 노인이 왜 그렇게 먼 곳까지 갔느냐고 물으니 비행기만 타면 기운이 솟는단다. 그리고 아들이 독일사람 먹는 큰 소시지만 먹을까봐 밥해 주러 따라갔단다. 이모는 차이나타운에 가서 중국 두부며 얇은 국수를 사와서 순두부찌개와 잡채도 만들었다며 자랑이다.

80연세에 낯선 곳을 잘 찾아다니는 이모가 정말 대단하다. 일주일에 세 번 가사도우미가 오는 날이면 이모는 더욱 바쁘다. 다림질만 시키고 같이 극장에 가서 영화를 관람한단다. 점심을 먹고 차를 마시며 이모와 친구처럼 얘기도 하고 도우미가 갈 때는 수고했다면 웃돈까지 얹어준다. 세상에 그렇게 팔자 좋은 도우미가 어디 있을까 싶다. 한편으론 우리 이모를 위해 친구가 되어주는 그녀가 참 고맙다.

언젠가 막내조카가 들려준 얘기다. 캐나다까지 출장 가는데 조카는 책을 두 권이나 보면서 자다 깨다를 반복하는데, 화장실에 갔다고 생각한 어머니가 발밑에서 "얘! 어디가?" 하는 바람에 깜짝 놀랐단다. 체구 작은 이모가 좌석 아래서 담요와 쿠션을 깔고 주무셨단다. "얘! 비행기 바닥에서 자니까 다리도 좀 뻗고 좋더라. 난 긴 여행도 피곤하지 않다." 라면서. 이모는 평소 집에서도 방과 거실에 TV를 동시에 켜놓고 두 채널 연속극을 다 본다. 그리고 그 내용을 못 본 친구들에게 죄다 얘기해주는 게 취미다.

어느 때인가 파리 개선문을 지나 화장실에 갔다가 새로 산 스카프를 잃어버렸다. 그래서 다시 상제리제로 되돌아갔는데 둘째가 사준 비싼 스카프를 끝내 찾지 못했다. 그때도 막내와 함께 한 여행이었는데 100% 캐시미어여서 이모는 그 스카프에 대한 애착을 한동안 버리지 못했다.

나는 제 엄마를 잘 건사하는 조카들이 참 고맙다. 나의 어머니는 일찍 세상을 뜨셨기에 이모를 어머니처럼 생각하고 살아왔다. 이모 역시 딸이 없는 처지라 나를 조카보다는 딸처럼 여기고 무슨 얘기든 나눈다.

어느 해인지 이모가 홍콩에 사는 큰아들 집에 갔을 때의 일화다. 손자가 "할머니! 집에 꼭 계세요."라며 잘 당부하고 외출했는데 오후쯤 되니 심심하여 택시를 타고 네이슨 거리에 내려달라고 했단다. 이모는 그곳에서 화장품을 사는데 무척 싸더란다. 간판을 일러주며 나보고도 그곳에 갈 기회가 있으면 사라고 하셨으니…. 한문도 영어도 다 잘 읽었다는 증거리라. 그런데 집에 오려고 택시를 탔는데 아파트 이름이 생각나지 않고, 핸드폰도 깜빡 잊고 집에 두고 왔단다. 이모는 택시기사에게 무조건 "폴리스 스테이션에 가자"라고 했단다. 그 경황에 당황하지 않고 경찰서로 간 이모의 대처능력에 나도 놀라고 말았다. 밤늦게 아들 내외가 와서 이모를 찾고선 한바탕 울었다고 했다. 그런 가운데서도 이모는 "너희들, 내 걱정했냐? 엄마는 세상 어디에 갖다 놔도 다 찾는다. 엄마가 몇 나라 말을 하냐?"라는 농담까지 하셨단다.

또 이모는 다방 할머니다. 세검정교회 노인반에 커피 담당이시다. 커피, 설탕, 프림, 종이컵까지 다 사다 나르고 물도 직접 끓인다. 교인 모두들 이모가 끓인 커피가 제일 맛있다고 한다. 내가 할머니들은 단맛을 좋아하니 건강에 안 좋다고 하니 "얘! 우린 블랙으로 마신다. 그 모임에는 아직도 모자 쓰고 운전하는 80 노인네가 있으니 상당히 고급 노인네클럽이다." 하시며 으스댄다.

이모는 혼자서 롯데백화점에 자주 가신다. 노인이 좌판에서 얼씬거리면 눈총 받으니 이모는 곧바로 꼭대기 층에 가서 맛있는 음식 먹고 바로 미술관에서 그림을 감상한다. 그리고 명품관을 한 바퀴 둘러보고 집으로 오신다. 쇼핑에 대하여 물으면 "미쳤니? 이 나이에 얼마를 더 산다고 돈을 쓰니? 햇볕에 피부가 타니 그곳에서 걷고 우아하게 아이쇼핑 하는 거지." 라며 나름대로 자신의 생활철학을 피력하신다.

이모의 고향은 황해도다. 그곳에서 중학을 졸업하고 남으로 피난 오셨다. 북에서 좀 잘 산다고 동네 빨갱이들 등살에 못 이겨 삼팔선을 넘었다. 그 당시 오빠와 동생을 잃었다. 고생 끝에 와서 만난 두 언니는 과부가 되어 있었다. 형부 둘 중 한 명은 의용군에 끌려가고, 한 명은 납치되었다.

이모는 교회에서 당신 연세의 자매들에게 위로자며 보

호자 역할을 하신다. 큰이모들은 다 저세상으로 가시고, 이제 내겐 막내이모만 남았다. 의젓하고 효자인 아들 셋이 영감 노릇, 딸 노릇까지 하며 이모를 잘 모신다.

지금 이모가 편찮으시다. 팔십 고개만 잘 넘기면 될 것 같은데….

'이모! 오래 살아요. 내게 그리운 사람이 되게 하지 말아줘! 내가 쉬지 않고 웃을 수 있게 해줘.'

흐르는 구름을 보고 바람 한 자락을 붙들고 나는 애원한다. 이모의 얼굴에 일렁이는 일몰의 그림자를 뜨거운 내 눈물로 씻는다. 맑게 세수한 얼굴에 입술연지 곱게 바르고 나랑 놀러 가자. 내 가슴에 흑백사진 얼굴은 남기게 하지 말아줘.

이모! 사랑해.

엄마를 보내던 날

엄마 꽃잎에 눕는다
흐르는 하늘에
구름 상여
웃는다

이슬에 젖어서 눈 감는다
떠오르는 별들이
하얀 날개로
웃는다

좋은 세상
아름다웠다고
나
흔든다

세상놀이 힘겨울 때
눈 접고 마음 닫았던
엄마
붉은 구름으로
손 흔들던 엄마
생각한다
생각난다.

꽃으로 누워
눈물짓는다

엄마가 구름이 되어
흐른다

-1978. 10.

기억

시간이 고맙다
아스라한 이별로
가시가 된 마음
아침 안개 자욱한 창밖으로
마주 오는 부드러움에 눈을 뜬다.

시간이 고맙다
꽁꽁 언 길 위에서
언젠가는
마주앉아 듣게 될
이별 너머
웃음소리
눈빛 생생했던 기억들
그곳에 살아 있었던
기억된 시간들
고맙다.

간다

비눗방울이 간지럽게
날아간다
무지개를 품고
사라진다

가다가 연기가 되고
바람이 되어
허공의
영혼이 된다

내가 떠나는 날
구름 상여 메고
낯익은 슬픔이 되어
흰 옷 한 자락으로
비눗방울로
나
날아간다.

단강

겨울비 내리는 강은 스산하다. 이런 정도의 추위에 눈이 내린다면 제 격의 겨울 풍경이 아닐까 싶다. 눈이 오면 기쁨이 충만하지만 겨울비는 이상하게도 울적하고 서글픈 감정을 불러일으킨다. 더없이 맑았던 춘희의 영혼이 아직도 여기에 떠도는가. 그녀의 기침소리가 들리는 듯하다.

나는 조국을 떠난 지 17년 만에 돌아와 춘희의 24호 감방 문 앞에서 잠시 그녀를 회상하고는 곧장 단강으로 달려가 그녀를 불렀다.

춘희는 1943년 모랫말이란 곳에서 늙은 일본인과 한국인 방직여공 사이에서 태어났다. 8·15광복이 되자 아버지는 현해탄을 건너가 버렸고 이듬해 어머니마저 결핵으로 죽고 말았다. 그 후 외할머니와 살았으나 6·25동란으로 그녀는 천애고아가 되고, 이웃들이 그녀를 염색공장에다 맡기고 피란을 떠났다.

그녀의 운명에 불행의 그림자가 드리워진 것이 아마 그때부터였지 않나 짐작될 뿐이다. 낮에는 남의 집 아이를 돌보고 밤이면 염색 통 안에 들어가 담요나 군복을 밟아야 했다. 그녀의 아랫도리는 푸르죽죽한 물이 들어 늘 검게 보였다.

어느 해 겨울 음력설쯤 주인아줌마가 친정 간 사이에 그녀는 염색소 주인에게 순결을 빼앗겼다. 악몽 같은 순간이었지만 목구멍이 포도청이란 말처럼 몇 푼의 돈과 먹을 것을 보장한다는 주인을 거부하지 못했고 원치 않은 임신을 하고 말았다.

배가 불러오자 발각이 되고 그녀는 깊은 밤 주인아줌마의 손에 의해 트럭에 태워져 먼 곳에 사는 어느 노부부의 집으로 옮겨졌다. 그곳에서 사내아이를 낳고 봄을 맞았다. 아이가 백일이 될 즈음 노부부는 그녀에게 보따리 한 개만 들려 강제로 트럭에 태워 어디론가 떠나보냈다. 자기 몸뚱이 하나 마음대로 할 수 없는 처지, 타인의 지시대로 내맡겨진 운명 앞에 절규하며 주인아줌마 손에 아이를 빼앗기고 말았다. 갈 곳도 없고 살아갈 방도를 찾지 못한 그녀는 청계천 부근의 술집에서 접대부로 전락할 수밖에 없었다.

그런 환경에서도 아버지뻘 되는 마음씨 좋은 아저씨가 잠시 정붙이 역할을 했다. 목단꽃 무늬의 치마도 선물로 받아보고 처음으로 행복감을 느꼈다고 했다. 그러나 어느 해 여름장마 빗줄기 속으로 남자가 사라져 버렸을 때 그녀는 또 한 번의 절망을 안고 그 자리를 떴다. 살아야만 자신의 아들도 언젠가는 만나리라는 마음을 다잡았지만 그녀가 가진 것은 아무 것도 없었다. 보따리 행상을 하다가 만난 아재의 도움으로 그녀는 태안에 작은 술집을 열었다.

처자를 둔 아재였지만 일 년여를 생의 동반자로 여기며 정을 쏟았다. 아무리 박복하다 하여도 그녀만큼 운이 그렇게 없는 팔자도 있을까. 운명의 신은 조금도 고삐를 늦추지 않았다.

아들의 이중생활을 못마땅하게 여긴 아재 어머니의 성화에 못 이겨 결국 춘희는 태안을 떠나 작은 암자에 숨어들었다. 그러나 시간이 쌓이고 해가 기울어도 춘희는 아재를 잊을 수가 없었다.

　마지막으로 한 번 아재를 만나서 이야기라도 하고 죽겠다는 각오로 독이 든 술병을 품에 넣고 그의 집을 찾아갔다. 때마침 그의 집에는 아재 혼자뿐이었다.

　이미 아재는 술에 취해 있었다. 무슨 말을 어떻게 했는지 두 사람은 아재가 마시던 막걸리를 모두 마셨다. 그러나 헤어질 수밖에 없는 두 사람의 현실에 아재도 울고 춘희도 울었다.

　얼마나 시간이 흘렀을까. 떠나려는 춘희를 아재가 말렸다. 그런 그를 뿌리치면서 실랑이를 하는 중에 독이 든 술병이 춘희 품에서 떨어졌다. 아재가 그 술병을 냉큼 집어 들고 병마개를 이빨로 뽑아냈다. 춘희가 고함을 치며 빼앗으려 달려들었지만 아재가 순식간에 독이 든 술을 들이켰다.

　춘희가 정신을 차린 곳은 유치장 안이었다. 산발한 머리에 맨발이었고, 얼마나 몸부림을 쳤던지 실성한 사람모양새였다. 취조와 재판을 받는 동안 그녀는 자기가 아재를 죽였다고 자백하는 등 살인죄를 뒤집어쓰고 사형수가 되었다.

산전수전 다 겪고서 서대문형무소 독방에 갇힌 그녀의 나이가 고작 서른을 넘겼을 뿐이었다.

내가 형무소 소장의 소개를 받고 만난 그녀의 첫인상은 성모마리아 같은 느낌이었다. 그 후 정기적으로 나는 형무소를 찾아 그녀를 면회를 가곤 했다.

2년쯤 흐른 어느 날 가을, 그녀가 살았던 태안을 찾아갔다. 억울하게 누명을 쓴 그녀의 구명운동을 위해서다. 그 당시 국회부회장이던 황성수 변호사가 춘희의 무료변론을 맡아주겠다는 허락도 받아냈다. 동네 최초의 살인사건이 었는데도 태안의 주민들과 아재의 아내는 이미 그때의 기억들을 잊고 일상적인 삶을 살고 있었다. 아재의 아내를 비롯하여 온순하기만 한 동네 주민들과 이장이 탄원서에 도장을 찍어주었다. 그들 모두는 술집작부였던 춘희는 착하고 순하기만 하였다면서 살인을 저지를 여자가 아니라고들 입을 모았다.

나는 이제 곧 춘희의 무죄가 밝혀져 출소하게 되기를 기대하였고, 변호인도 춘희와 몇 번의 면회를 거치면서 착실히 재심 서류준비를 끝내놓고 있었다.

그런데 결국 춘희는 형장의 이슬로 한 많은 삶을 마감해야 했다. 1974년 8·15 경축일에 문세광 저격수에 의해 육영수 영부인이 사망했다. 그리고 그 다음 날 서대문형무소의 사형수들도 일제히 사형이 집행되었던 것이다.

이른 새벽 형무소의 김 선생의 연락을 받고 언덕을 뛰어올라가고 있었다. 군 트럭에 실려 있는 나무상자들이 보는 순간 온몸이 떨려왔고 내 혼마저 잃는 듯한 충격을 받았다.

정춘희는 단강 가는 길 천주교 무인가 묘지에 영면하였다. 단강 천주교 무인가 이름 모를 묘지에 도착했을 때 얇은 관 밖으로 삐져나온 옥색 치맛자락이 나부끼고 있었다. 내가 춘희에게 해준 한복이다. 반쯤 열려 있는 관에 춘희는 옥색 한복을 입고 누워있었다. 한 여자가 춘희의 시체를 닦아주고 있었는데 법무부장관의 아내라고 했다. 장관의 아내가 사형수들의 시신을 거두어 주고 있었다.

내가 춘희를 면회하던 어느 날, 그녀는 내 아이들이 꼭 보고 싶다고 했다. 사형수 감방에 아이들을 데려 갈 수 없는 엄연한 규정이 있었지만 나의 간곡한 청원과 그녀의 모범수형 덕에 만남이 비밀리에 이루어졌다.

후에 춘희는 우리 아이들이 가지고 간 사탕과 껌의 껍데기를 버리지 않고 자기 머리칼을 뽑아 연결하여 바구니와 신발, 밥풀로 동물들을 만들어서 나에게 선물로 주었다.

나는 자주 그녀를 생각한다. 낯선 여행지에서 그리고 아름다운 하늘 정선에서⋯. 어쩌면 그녀는 마리아의 얼굴로 하늘에서 나를 지켜 주는 것 같다. 나의 위로와 위안이 되는 정춘희라는 실제 인물, 사형수!

한국을 방문할 때마다 나는 단강에 간다. 푸른 물속에서 그녀의 옥색치마가 하늘거린다. 그녀와 만나던 3년 동안, 한 달에 세 번 만나서 자매처럼 웃곤 했었다. 지금 그녀가 머물던 24호 감방은 사라졌다. 그곳이 교도소였다는 사실은 이제 역사 속으로 사라졌지만 내가 드나들던 그 철문과 붉은 벽돌은 여전히 그대로 서 있다.

나와는 동갑인 춘희, 그녀는 나처럼 나무와 꽃, 새들을 좋아했다. 오래된 감방, 낡은 시절 음침한 그늘에 갇혔던 그녀는 늘 기침을 했다. 춘희가 지금도 내 기억 속에서는 기침을 한다. 그녀의 영원한 안식과 명복을 빈다.

가족의 의미

　　　　　　　　어느 날 아침 늦은 시각, 나는
샹그렐라 뷔페식당에 앉아 있었다. 그리 바쁜 일상이 아니
어서 아침 겸 점심식사를 위해 가끔 찾는 곳이다.

　나와 조금 떨어진 테이블에 할머니라고 보기에는 좀 젊
게 보이는 중년 여인과 아들이 서너 살쯤의 아기를 데리고
앉아 있었다. 그 가족의 구성원과 아기의 젖은 눈망울을
보는 순간 나도 모르게 마음속에 잠자던 애틋한 감정이 슬
그머니 피어올랐다.

　젊은 할머니는 아이스크림과 초콜릿 접시를 아기 코앞
에 놓고 스프를 떠먹이려 애를 쓴다. 아기는 싫다고 떼를
쓰며 긴 앞머리를 쓸어 올리면서 말간 눈을 껌벅거린다.
누굴 찾는지 두리번거리는데 아기의 슬픔이 내 마음에까

지 파고든다.

아이의 아버지로 짐작되는 남자는 아직도 소년티를 못 벗은 것처럼 어려 보인다. 아이가 아빠라고 부르니 몸을 부르르 떨며 아이를 안고 바라보는 젊은이의 눈 역시 촉촉하다.

음식이 그들 앞에 놓여 있지만 할머니와 아들은 아이만 응시할 뿐이다. 잠시 침묵이 흐른 뒤 할머니가 아기를 얼르며 한입이라도 더 먹이려고 아이처럼 방긋거리며 웃는 시늉까지 한다. 그 광경을 물끄러미 바라본 나 역시 먹먹해지는 기분을 어쩔 수 없었다.

아기가 "엄마!" 라며 우리 테이블에 앉은 젊은 여성을 바라보고 울기 시작했다. 그 순간 저 아이에게 엄마가 없구나싶은 생각이 들었고 더욱 안쓰러웠다. 아기를 안은 젊은이에게 나는 "아이 엄마는 어딜 갔느냐?"고 물었다. 그때 할머니가 "모르지요!" 라고 한숨을 내쉬며 절망적인 어조로 간단히 대답했다. 나는 마치 결례라도 한 것 같은 당황함으로 "죄송합니다. 아기가 너무 예뻐서….." 라며 얼버무리고 말았다.

세상에는 인위적으로 저항할 수 없는 슬픈 일들이 왜 일어나는지. 이 나이가 되니 기쁘거나 슬픈 일들은 구태여 설명하지 않아도 마음과 몸으로 느껴지니 아마도 인생의 연륜에서 오는 경험이 아닐까싶다. 한참을 칭얼대다 할머니 품에 안기는 아기의 어깨가 유난히 작아 보였다.

내가 우연히 그들을 다시 만났을 때 그 여인은 자신들이 처한 상황을 내게 말했다. "며느리를 땅에 묻고 아들과 손자를 데리고 일단 한국을 떠나 여행을 시작했다. 그런데 손자보다 더 불쌍한 사람은 아들입니다."

아들은 이제 서른. 내외는 대학 입학 때부터 사귀어 군대 가고 졸업 후 직장에 다니며 결혼하여 행복하게 살았는데, 며느리가 우유와 빵을 사서 돌아오던 중 뺑소니차에 치어 그만 유명을 달리하고 말았단다.

그 후 뷔페에서 세 번째로 할머니를 만났을 때는 그녀 혼자였다. 나도 그 순간에는 혼자였기에 "차라도 나누자"며 말을 붙이니 오래전 잊었던 친구 같은 기분마저 들었다. 그녀는 아무에게도 말하지 않았는데, 지금은 누구에게라도 가슴을 열고 속시원히 울고 싶다고 했다. 스마트 폰 속의 시어머니와 며느리는 해맑은 웃음을 지으며 다정한 표정을 짓고 있었다.

손자가 젊은 여성들만 보면 제 엄마가 아닌 줄 알면서도 "엄마"라고 부른단다. 그리고 지 애비를 붙들고 놓아주지 않아 할머니 마음이 더욱 슬프단다.

아직도 손자에게는 어미 죽음을 말하지 않았고, "미국에 사는 외할머니 집에 다녀온다."라고 했는데 무얼 느끼는지 조석으로 몸을 떨면서 운다고 한다.

며느리는 사진작가였는데, 이번 여행길에서도 아이가 카메라부터 챙기더란 얘기를 들으니 피는 속일 수 없다는 느낌이 들었다. 사진 속의 아기 엄마 얼굴은 아직도 내 마음속에서 웃고 있다. "누구세요? 절 아세요? 우리 아들 예쁘지요?"라며 묻고 있는 듯하다. 네 살 아이의 슬픔이 지금 나의 여행길에서도 따라 다닌다. 그 이후로 그들은 보이지 않았다.

싱가폴 오차드 길 어디쯤을 그녀는 아들과 어린 손자와 걷고 있을 게다. 그들이 언제쯤 웃을 수 있을까. 내가 알려준 그 공원에는 가기나 했을까. 색색의 나비가 사철 푸르게 날고 있는 나비공원에서 엄마의 사진기로 추억을 만들고 있으려나. 가족이란 어떤 의미를 부여해도 그 깊은 뜻이 표현되지 않을 만큼 거룩하다. 그 아기가 잘 자라서 어머니의 애정결핍 피해자가 되지 않기를 바라는 마음으로 나는 요즘도 기도를 게을리 하지 않는다.

지난해 전 세계인들을 울린 한 사건이 있었다. '이슬람극단주의 단체'(IS)의 무차별 공격을 피해 시리아를 탈출하여 터키로 가던 보트가 전복되었다. 줄무늬 셔츠와 멜빵청바지를 입은 세 살 아기가 거친 바닷물에 몸이 반쯤 잠긴 채 손에는 검은 강아지 인형을 잡고 사망한 사진.

그때의 분노와 슬픔, 어른들의 그릇된 믿음과 욕망이 빚어낸 일로 천사 같은 어린아이들이 수난을 당하는 이 시대의 오류에 신은 왜 침묵하는가. 세계 언론 기자들은 아기 사진을 그대로 방영하여 난민에게 온정의 손길을 펼치게 했다. 아기의 아버지는 혼자만 살아남았다. 그는 "걸어서라도 고국에 돌아가겠다. 잿더미가 된 집에서 가족의 냄새라도 맡으며 죽어 모래알이 되겠다."라고 했다.

가족이란 가장 고귀한 사랑의 매체가 아니겠는가.

저녁

바람 불지 않아도
눕는다.
풀잎 되어
으스러지다가
작은 씨앗 한 알
길섶에 눕는다

풀은 꽃을 피우지 못하고
신음도 못한다
갈잎으로
앓다가
먼지로
사라져 간다.

기억

어제
두고 온 슬픔
먹먹한 구름이 되어

넋 놓았던 사람처럼
칼칼한 슬픔 내려놓고
비 젖은 구름이 되어

살아온 언저리
털썩 주저앉아
풀처럼 눕는다
기억을 삼킨다

너와 나는 다르다
구름에 글씨를 쓰고
나는 흐른다
나는 사라져 간다.

씨앗

슬프다고 말하지 마라
빗 방울로 잠들어
묵은 땅 깨우는
나는 씨앗

가엾다고 슬퍼하지 마라
겨울을 깨우고 일어나
잠든 넋 깨우는
나는 푸른 싹

흔적(1)

민들레 하얗게 핀
들에서
작아진 것은 사랑만이 아니다
마음도 기억을 따라
보이지 않으려 한다

내가 누구인가는
모른다
푸르던 잎새
황혼에 잠긴다

사랑은 가고
흔적도 지워져
나는
물 위에
그림자로 누웠다

사랑을 잃은
나는
이제 그림자로 남아
청춘의 기억을 지운다.

흔적(2)

사랑은 가고
흔적도 지워져
나는 물 위에
그림자로 누웠다.

사랑을 잃은…
나는 이제 그림자로 남아
청춘의 기억도
지운다

아들의 취미

나는 매주일 얌차를 먹는다.

혼자 예배를 드리고 나오면 아들이 기다리는 중국집으로 간다.

얌차 식당은 교회와 집에서 각기 십 분 안팎이다. 쇼핑센터 옆구리에 바싹 붙어있어 좋다. 대머리 주인은 이목구비가 훤하고 종업원들은 거반 오리지널 중국 본토인이다. 퉁명스럽거나 거칠게 그릇을 놓아도 괜찮은 이유는 무엇일까.

이 집의 손님들은 절반 이상이 호주인들이다. 주중은 금융이나 아이티에 종사하는 젊은이들이지만 주말은 가족 중심 손님이다. 나는 이 호황을 누리는 중국집을 드나들며 왜 중국식당은 거의가 작거나 한인촌에서만 시끄럽게 운영하고 있는지 좀 궁금하다. 얌차 식당 같은 한식집이 없는 게 아쉽고 솔직히 부럽다.

얌차를 담은 바구니는 정갈하고 그 속에 담긴 만두는 따습다 못해 뜨겁다. 씹히는 새우의 맛이 바다 냄새를 풍기고 중국 브로콜리는 항상 싱싱해서 달다.

아들은 교회에 나가지 않는다. 그러나 엄마의 믿음을 존중한다. 결혼 적령기를 넘긴 아들이 주말마다 엄마와 점심을 하고 차를 마신다는 것이 쉽지 않을 터인데도 아들은 때때로 기차를 타고 채스우드까지 가서 오리구이도 산다. 커피는 늘 대짜로 마신다.

아이티 기업에서 한 회사의 책임자로 있는 아들은 식물을 좋아하고 그 중에서 오키드에 애착이 있어 바다를 바라보고 있는 유리 식탁은 아기 오키드로 가득하다. 싹을 구입하여 키우는데 실패 없이 꽃을 피운다. 앙증스런 호주 오키드 꽃은 향기가 기 막힌다. 보라와 노랑, 분홍과 흰 것, 초록과 붉은 꽃들이 사계절 피어난다.

아들의 두 번째 취미는 카메라다. 한때는 시내에서 멤버십 갖기가 가장 어려운 아이비 클럽에서 주말마다 사진을 찍었다. 아마추어라 물론 돈을 받지 않는 것 같다. 자가용 비행기를 타고 오는 톱스타들의 화려한 사진을 찍어 가져 오기도 한다. 상당한 가격의 카메라가 몇 대인지, 카메라 장식장도 있다. 각종 카메라 장비가 집안 가득 널려있다.

일 년 전부터는 제 방에 금방을 차렸다. 지금 내가 끼고 있는 반지는 아들이 두드려 만든 작품이다. 아들은 자신이 디자인한 목걸이를 늘어트렸고 반지는 네 개나 끼고 있다. 망치, 펜치, 송곳, 칼… 등 각종 고철 녹이는 놋쇠 접시들, 거기다 가스통방이 아닌 공방이다. 각 나라 동전을 녹여 만든 커프스버튼은 아름답기까지 하다.

나는 아들의 다양한 취미에 귀찮고 화가 날 때도 있다. 그의 방은 청소금지다. 금가루 쓸어낸다고 화를 낸다.

이 아들이 열대어도 길렀다. 초등학교부터 중3때까지였 다. 물고기가 직접 새끼를 깔 때는 밤새우며 물고기를 싸움 질 시켰다. 예쁜 니모 같은 무지개 색의 고기도 있었다. 이 사를 하면서 고기 기르는 장비는 버렸지만 지금도 얌차집 벽걸이 어항에 눈을 떼지 못한다. 그야말로 아들은 다양한 취미를 가졌다.

대학 일학년 때는 자동차를 분해하였고 애플 컴퓨터를 중1때 다 뜯어 부속품을 연구했던 녀석이다.

이 아들이 장가를 가지 않겠단다. 키가 178cm며 다소 뚱뚱해서 살찐 이정재같이 생겼다.

아들이 한국을 방문했을 때 주변사람들이 이정재 같다고 했다. 그러나 지금은 이정재가 아니라 아저씨다. 맘좋은 아저씨는 아니다. 다소 날카로운 눈도 가졌다. 전문직을 가진 고급 인력에 속한다고나 할까.

지금은 바디라는 브라운 강아지를 렌탈해 와서 금 제작소가 된 방에서 법석을 떤다. 나는 이제 손들었다.

한 살 차이가 나는 제 누나에게는 순종한다. 때때로 내게 누나는 재수없다고 화를 내다가도 막상 얼굴을 보면 히히댄다.

누나는 외교관이었고 지금은 한 나라의 대사 부인이다. 남매가 7살 8살이었을 때이다. 이태리 폼페이에 갔는데 유적을 관광하느라 발이 아픈 누나가 동생의 운동화로 바꿔 신고, 동생은 돼지굽이 달린 여자구두를 신고 다녀야 했다. 그만큼 아들은 누나에겐 언제나 고분고분한 아이였다. 딸의 구두는 프랑스에서 제 맘에 꼭 든다고 우기고 졸라서 산 비싼 구두였다.

아들은 지금 이 시간에도 망치질을 하고 있다. 한국 아파트 같으면 아래층에서 야단이 났으련만, 호주 대기업 머백에서 지은 우리 아파트가 얼마나 튼실한지 20여 년이나 되었는데도 민원 하나 없다.

오늘도 얌차를 너무 시켰다. 내가 많다고 하니 아들은 저녁까지 먹으란다. 한국 돈으로 십오만 원이나 된다. 간단한 점심이 매 주일 그 정도다.

나는 우리 자녀들이 고맙다. 누가 주말 좋은 시간을 다리 아프다고 툴툴대는 엄마에게 점심을 사주겠는가. 이런 아들이지만 이제는 팔고 싶다. 반값 세일이라도 내놓고 싶을 정도로 녀석의 결혼을 원한다. 점심 함께 못하거나 좀 멀어져도 괜찮다.

아들은 세상 모든 나라 뉴스에 관심이 많다. 푸틴이 어떻고 트럼프가 이렇다고 한다. 시진핑이 고집쟁이지만 한국에 관한 애정도 있어서 사드 놓고 나면 롯데는 원상복귀가 된단다. 박 전 대통령에게도 너그럽다. 한국 정치가 지금 사춘기 시작이라 한다. 곧 청춘이 온다나, 그러니 좀 머리가 아플 거라고 평한다.

하기야 어려서부터 햄버거를 못 먹어도 시드니 모닝 헤럴드는 사 보던 아이였다.

딸을 시집보내고 나는 우울증을 앓고 있는 중이다. 많은 나라를 함께 여행하였고 취미와 먹는 것도 거의 같았다. 친구이며 남편 같은 재정지원자 딸이 시집을 가고, 나는 소리를 지르며 울고 울었다. 좋으면서도 한편으로는 기가 차서 소리 내어 신음했다.

하지만 어쩌랴. 그럼에도 또 아들을 세일로 내놓는다. 며느리에 대한 어떤 조건은 없다. 어차피 딸보다 못하겠으니 바라보기만 할 거다. 내가 의지하는 하나님을 믿으면 족하다. 그뿐이다.

어디 누구 없을까.

어떤 여자

　　결혼한 지 일 년이 되어 남편은
월남에 기술자로 떠났다. 편지 두 번과 초콜릿 몇 봉지를
받았을 즈음 여자는 아들을 낳았다.

　홀시어머니와 파경을 맞고 아이 하나를 데리고 돌아온
시누이, 여자와 아들이 방 두 개뿐인 작은 집에서 아옹다옹
사 년을 살아냈다.

　아들이 다섯 살일 때 여자는 남편의 초청으로 호주로 이
민을 떠나게 되었다. 그때 인색한 시어머니와 잔소리꾼인
시누이에게서 벗어나게 되어서 여자는 너무 행복했다.

　비행기를 어떻게 타고 왔는지 한국말로 쓴 순서대로 김포
공항을 출발했고 비행기가 떠오르자 여자는 그 때부터 밀려
드는 두려움에 떨기 시작했다. 긴장이 풀어지면서 그동안

당하고만 살았던 서러운 시집살이가 꿈만 같았다.

공항에서 만난 남편은 낯설었다. 헐렁한 셔츠 속에 가느다란 목과 솟아오른 광대뼈에 여자는 움찔했다. 시집와 살면서 단 한 번도 살갑지 않았던 남편, 그리고 술주정이 여자의 마음을 후려쳤다.

남자는 아이를 힐끔 바라 보았을 뿐이었다. 남편은 번쩍거리는 차 안으로 아내와 아이를 짐짝처럼 밀어 넣고 씽씽 달렸다. 여자는 남편이 운전하는 차를 처음 보았고 잠시 두렵던 남편과의 대면도 낯선 기대로 부풀어 오르며 마음에 평안이 왔다.

남편의 집은 한국에 있는 집보다 컸고 방이 네 개나 되었다. 살림살이도 잘 갖추어져 있었다.

점심은 나가서 먹자는 남편을 따라 낯선 식당에서 여자는 남편에게 친하게 다가오는 작은 여자와 품에 안고 있는 아이와 마주 앉았다.

"함께 살 식구들이야."

퉁명스런 남편의 말에 키 작은 여자는 웃었다. 아내는 같은 집에 세 들어 사는 사람인 줄 알았다. 그런데 제 아이에게는 살갑지 않던 남편이 그 여자 아이를 받아 안고 기분 좋게 벙글거렸다. 여자는 그때 처음 불고기라는 걸 먹어보았다. 목구멍을 타고 내려가는 고기 맛이 환상이었다.

열흘이 지나서야 여자의 예감대로 키 작은 후앙은 베트남에서 온 남편의 또 다른 아내였다. 어리둥절하거나 두려워 떨 때 후앙은 여자에게 "썽님, 썽님" 하고 등을 토닥이거나 "괜찮아, 괜찮아"라고 말했다.

월남이 패망하고 나라가 수렁에 빠졌을 때 후앙은 호주로 떠나는 난민선을 탈 수 있었다. 품에 안은 아가가 있었으므로 승선이 허락되었다. 후앙은 월남에서 동거하던 남자를 수소문하여 만났고, 여자의 남편과 동거를 시작한 것이다.

한 지붕의 남편, 그리고 두 여자는 각기 아이 하나씩을 데리고 살게 되었다. 갓 스물이나 되었을 후앙은 여자를 잘 따랐다. 남편은 매일 밤 후앙만을 찾았다.

남편은 여자에게 빌딩청소를 시키며 종 다루듯 하고 무시하더니 점점 더 모질어졌다. 그 후 후앙은 다시 임신을 했다. 아내는 집 살림이며 후앙의 아이까지 돌보게 되었고, 더욱 지옥 같은 생활을 살아야 했다. 그녀는 영어 한마디 제대로 할 수 없었고 누구 하나 아는 이가 없었다.

한국인의 식료품 가게에 가서 한국말을 하고 듣는 것이 유일한 외출이었다. 몇 년간 빌딩 청소와 집안일이며 후앙의 아이까지 길러야 하는 여자, 어느 날 동네 식료품 주인 아줌마에게 도망가고 싶다는 하소연을 하였다. 여자를 가엾게 여긴 식품점 여주인이 오랜 세월 그 남편에게 지속적으로 반 협박조로 사정을 해준 덕에 여자가 한인 교회만은 나갈 수 있게 되었다.

그녀는 공휴일에 교회 가는 게 유일한 낙이 되었고 아이가 제법 영어를 말하게 되었을 때 웃음을 조금씩 찾기 시작했다. 그 후 다시 임신을 하고 딸아이를 낳았지만 남편의 술주정과 폭언은 계속되었고 때로는 매를 맞기도 했다.

고급 차를 타고 고기를 실컷 먹을 수 있는데 왜 질투를 하느냐며 시비를 걸곤 했다. 여자는 원통하고 서러운 생각에 교회에 오면 눈물로 기도할 뿐이었다.

어느 날, 여자는 친정어머니가 죽을병이 들었다는 기별을 교인으로부터 듣게 된다. 교인들이 마련해 준 한국행 비행기 표로 여자는 귀국길에 올랐다. 그녀는 아이 둘을

버리듯 떼어놓고 한국 가는 교인과 동행하였다.

　어머니장례를 끝내고 또 다시 여자는 호주행 비행기에 올랐다. 제자리를 찾아 앉은 여자는 보고 싶은 자식보다 후앙의 웃음소리와 남편의 매가 두려워 몸이 떨렸다.

　브리스 번에서 환승하는 비행기를 갈아탄 여자는 긴장으로 온몸이 떨렸고, 깜박 잠에 빠졌다. 옆자리의 외국인을 따라 눈치껏 내렸으나 기내에서 아무것도 먹지 못한 상태였다. 공항에 내린 여자는 처량한 자신의 처지를 생각하면서 기둥에 기대어 앉아 울었다. 얼핏 들리는 영어 소리에도 남편인가 싶어 경기가 일었다.

　비틀거리며 일어서려는데 비행기 옆자리에 앉아 있었던 뚱뚱한 호주 남자가 여자를 가만히 안아주었다. 여자는 그의 넓은 품에 안겨 아이처럼 울었다. 낯모를 외국인이었지만 자신을 보호해 주는 것 같은 인정에 한없이 울었다.

　"네 집이 어디냐?"라고 호주인이 물었는데 여자가 한 말은 "노 홈"이었다.

　"노우 홈…."

　집이 없다는 말에 호주인은 여자를 자기 집이 있는 타즈

마니아로 데려갔다. 깨끗한 집과 정돈된 방들, 반갑다고 달려드는 강아지 등 정말 평화로운 풍경이었다. 남자는 여자의 손을 놓지 않았다.

그 후 여자는 뽀얗게 살은 쪘지만 가슴에는 퍼렇게 멍이 들어갔다. 시드니에 두고 온 아이들은 보고 싶지만 보아서는 안 될 것 같았다.

나는 오랜 후 교회에서 뚱뚱한 호주인과 걸어들어 오는 그 여자, 행방불명이 되었다던 그 여자, 하늘로 솟았다거나 도망갔던 여자를 보았다. 눈이 파란 계집아이 손을 잡고 있었다.

이제 자기 아이를 찾고 싶다는 여자는 행복해 보였다. 여자의 남편과 후앙은 어디론지 이사 간 지 오래고 아이 둘은 고국의 어느 목사님 댁에 입양이 되었다.

지금쯤 여자는 아마 자기 아이들을 찾았을 것이고, 타즈마니아 어디에서 행복하게 사는지 모를 일이다.

그때 내가 본 여자는 어렵고 추웠던 겨울을 이겨낸 수줍은 듯 진달래처럼 웃었다.

부스러기 성도들

　　　　　　　　　오페라하우스가 건너다보이는
곳에 백이십 년 된 교회가 있다. 전 교인이 스물넷이지만
매주 출석인은 아홉에서 열두 명 정도다. 모두가 늙은 호주
인들이고 동양인은 나 하나다.

　4년 전 한국인들이 이 장로교회에서 예배를 드렸다. 그
때 재적인원은 백이십여 명, 하나님 중심으로 모이기에 힘
쓰는 아름다운 공동체였다. 그런데 내가 호주의 서쪽 코랄
항구가 있는 타운즈빌에서 일 년 간 지내고 돌아오니 교회
가 세 개로 갈라져 있었다.

　내가 타운즈빌에 있는 동안 다투고 깨지는 소리가 태평
양 옆구리에 있는 나에게까지 들려왔다. 그리고 내가 일
년 후 돌아왔을 때 사랑하는 내 교회는 세 개로 갈라져 있

었다.

그런 대로 두 곳은 일어섰으나 핌불 깊은 골짜기에 세 들어간 회복의 교회는 힘을 잃은 듯 보였다. 이 교회는 장로님의 가족과 세 가족, 어린 목사가 시작했는데 무척 애잔하게 느껴졌다.

핌불은 덩치 큰 자카란다가 하늘을 가린 좁은 길의 오랜 동네다. 주민의 반 수 이상이 노인들이다.

바람이 불어도 흔들리지 않는 이 고목에 보랏빛 꽃이 눈처럼 내리면 하얀 노인들은 길가의 낡은 벤치에서 잠이 들기도 한다. 밤을 설치는 노인들의 꼬부라진 몸뚱이가 빛바랜 벤치에서 목격된다.

회복의 교회는 호주인들의 장로교회에서 교인 이십여 명이 오후 주일예배를 드린다. 약 서른 명이 되지만 유학생과 아이들까지 합친 숫자다.

나는 보랏빛 꽃비가 내릴 때 이 교회를 몇 번 다녔다. 1부 예배를 드리고 나오는데 호주인 할머니가 힐끗 나를 쳐다보는 눈빛이 곱지 않다. 더부살이 이민자 한국인 성도들의 설움이 생각났다. 현지인 교회를 사용하는 동안 호주인들의 텃세가 심해서 식당에서 밥도 해먹을 수 없고, 물을 끓이는 게 조심스러워 가끔씩 나누던 커피도 끊었단다.

그럼에도 이 작은 막내 교회에서는 필리핀 인도네시아 비누아트에 넘치도록 선교를 한다. 한국 농어촌 교회에도 아낌이 없다. 오후 여덟 시에 자고 새벽 다섯 시에 일어나 역전 찻집에서 커피를 파는 장로 내외와 교회 청소만 수십 년 무료로 하던 권사의 딸이 이 선교에 동참한다.

나는 다니던 교회에 남았다. 세 곳 모두 너무 멀다는 이유 때문이다. 또 어느 한 곳을 선택할 수가 없다. 정든 사람들에게 나로 인해 상처가 되고 싶지 않기 때문이다.

내가 등록한 이 교회 교인은 호주 늙은이 열아홉 명과 나 뿐이다. 그래도 전도사와 매주일 바뀌는 오르가니스트가 있다. 교인들은 그 유명한 오페라하우스와 하버브리지의 경관을 볼 수 있는 이 덩치 큰 교회를 찾아오는데 정작 교회는 텅 비어있다.

내가 앉은 자리 바로 머리 위에 한인 성도들이 두고 간 태극기가 걸려있다. 아주 오래된 나의 자리다.

내가 그 자리를 떠날 수 없는 이유 중 하나가 대한민국 국기 때문이기도 하다. 국기를 바라보면 내 조국이 생각나고 마음조차 든든해진다. 나는 나 스스로 대한민국 국기 지킴이다.

시드니에는 이백 개가 넘는 한인교회가 있다. 천여 명이 등록된 교회도 있지만 대개는 백 명 이하의 미자립도 있다. 대개의 이민자는 종교를 가진다. 천주교 불교 기독교가 가장 많고 그밖에 신흥종교도 있지만 내 교회가 없는 떠돌이 교인이나 신을 아주 잊은 성도들도 꽤 있다. 나처럼 외국인 교회에서 예배를 드리지만 적응은 어렵다. 이유가 어찌되었건 상당한 기독인들이 방황하고 있는 것이다. 나도 길 잃은 양이다. 목자 없는 양들이 주일이면 하늘에 목을 빼고 울먹인다.

한 달에 한 번 나는 모임을 가진다. 기독교와 천주교에 소속했거나 떠나 있는 길 잃은 성도들과 점심과 차를 하고 성경 말씀을 나눈다.

회비는 한국이나 작은 나라에 선교금을 보낸다. 모임은 만날 때마다 각자의 작은 선행을 고백한다. 먼저 미운 남편이나 자녀들에게 따뜻한 마음 주기, 노숙자에게 동전 아닌

종이돈 주기를 실천했는지를 고백한다.

성도들은 말씀을 읽거나 각자 성경을 읽고 나서 서로 받은 말씀으로 은혜를 나눈다. 그리고 나는 겁 없이 그 날 우리에게 보내주시는 소식을 전한다. 이야기 성경이며 나의 신앙고백이다.

이민자의 나라 시드니에는 길을 잃은 양이 정말 많은 것 같다. 이제 모임을 시작한 지 4년이 되어가지만 우리는 스스로를 부스러기라고 생각한다. 마치 부자의 밥상을 멀리서 바라보며 구걸하던 거지 나사로의 심정으로 하나님이 던져주시는 양식으로 살고자 한다.

한 교회가 세 곳으로 나뉘어 갈 곳이 많아졌어도 이런 저런 이유로 갈 수 없는 내 몸은 주일마다 아프다. 아이런드 센 발음으로 설교하는 호주 목사님의 잘 알아들을 수 없는 설교에도 나는 목마르다. 멀건히 앉아있어 보이나 영혼은 슬퍼한다.

나는 이름 없는 성도를 많이 안다. 그들은 하나님의 아들 그리스도께서 세상 떠나시며 이르시던 부탁을 소리 없이 이행한다. 그들 속에 어떤 이들은 아직 교회에 다니지도 않으면서 선교하는 일반인들이 있다. 어느 날 부름 받아 천국에 갔을 때 얼굴 붉힐 부끄러운 일들을 경험하게 되고 전혀 낯선 사람들을 그리스도의 이름으로 만날 것 같다. 열심당들은 그 때에 아마도 거기 천국에서 보이지 않을지도 모른다.

내가 아는 강릉 사는 무교인들은 몽골에 하나님의 집을 짓는다. 이름도 빛도 없다. 이 땅에서의 교인들은 아니다. 하나님은 낯모를 이방인 같은 이들을 사용하시어 너희가 소금이고 빛이라 하신다. 이런 이들이 밀알이다.

나는 하나님의 심부름꾼이다. 무얼 잘하지도 못하지만 말씀을 외면하지 못한다. 나는 한 달에 한 번씩 만나는 이 부스러기 성도들과 더불어 배고프고 굶주리며 노숙하시던 주님의 모습으로 살아보려고 애쓴다.

나는 교회가 없어 안 가는 것이 아니다. 절실한 소속감이 그립다. 그러나 이제 바람에 날리는 먼지처럼 되기 위한 부스러기에 지나지 않는다.

성전은 내 마음에 있다. 나는 성전이다. 주님이 신약을 통해 그런 말씀을 하셨다. 나는 떠도는 교인이며 흐르는 물이고 먼지다. 교회에 다니지 않고 주님의 일을 겸손히 하는 수많은 강릉 사람들처럼 살기를 겸손히 바란다.

목자의 음성을 그리워하는 양, 길을 알아도 못 가는 양, 교회가 미처 돌아보지 못하는 문 밖의 성도들이지만 나사로처럼 부스러기들은 야곱의 돌베개에 눈물을 떨군다.

하나님을 깨달아 몇 십 년인데 어디서도 목자의 음성을 듣지 못하는 나는 귀가 멀었을까. 눈 뜬 장님일까. 말씀으로 감격하고 성령으로 감동했던 나는 목이 메인다.

부스러기 성도들이 기도하는 곳

지상에 살고 있는 천사들

이 지상에 살고 있는 첫 번째 천사는 대학에서 최근 은퇴한 금자 씨다.

그녀의 남편은 두 해 전 같은 대학에서 교수로 재직하다가 정년을 맞아 퇴직했다. 그들의 두 딸들은 캐나다에서 유학한 후 큰딸은 지금 이태원에서 개인 미술관을 운영하고, 작은딸은 신경정신과 의사다.

금자와 나는 여고동창으로 고등학교 1학년 때부터 '아동보호소'에서 10여 년간 함께 봉사 일을 했다. 그때 지금은 고인이 되신 차범석 선생의 <엉클 톰스 캐빈>을 원생들과 무대에 올려 아동들을 위로하기도 했다.

나는 차 선생의 각색본을 받아서 주인공 톰을 연기했고, 연출까지 맡아 경향신문을 비롯한 여러 지면상으로 많은 격려를 받았다. 금자를 비롯한 우리 동아리 열 명의 활동은 대견했지만 이름 없는 별들에 지나지 않았다. 하지만 농촌 봉사며 이웃사랑을 펼칠 때는 모두들 스스로 마음이 뿌듯했다.

금자는 지금 남해에서 임시 거주하며 저소득층 학생들과 노인들의 목욕봉사를 한다.

대학교수 시절에도 우리나라 농어촌과 베트남, 중국의 숨겨진 마을을 찾아 이름 없는 선교사로의 의무에 충실했다. 누구도 찾지 않는 이방의 오지에서 사랑과 은혜를 심어주고 전달하며 자신의 역량대로 봉사에 힘썼다.

그녀는 지역을 따지지 않고 활동하며, 서울과 부산에서 현지 학생들을 돌보고 성경말씀을 전달했다. 타국 학생들에게도 그들의 언어를 통해 하늘의 소식을 전하는 파수꾼 역할을 했다.

금자가 은퇴하고 홍천에 작은 집을 지었다. 시외버스에서 내려 20여 분 비탈진 산길을 걸으면 아담한 이층집이 나온다. 텃밭과 닭장이며 과실수도 몇 그루 심겨졌다.

집에서 비탈을 내려오면 금자 내외가 등록한 작은 교회

가 나온다. 교인이 40여 명으로 젊은이들은 주말에 부모를 찾아온 자식들뿐이다.

모두가 중늙은이들로 더 연만한 분들은 밭고랑이나 논둑에서 아랫동네 윗동네를 바라보는 것만으로 시간을 보낸다. 노인들이 왜들 좁다란 시골길에서 시간을 보내는지, 아마도 지나가는 버스와 사람 구경을 하는 것으로 자신의 무료함을 달래는지도 모를 일이다.

금자가 이대병원에서 근무할 때 급한 환자의 입원실을 찾아 돕거나 절차를 잘 모르는 환자들에게도 세세한 도움의 손길을 주었다.

그녀가 부산의 남편 근무지를 따라 한 대학으로 옮겼을 때는 기숙생들에게 의지처가 되어주었다. 그녀는 교수지만 정작 어울리는 사람들은 대개 소규모의 자영업자와 독거노인들이며 그들을 보살피는 일을 즐겨했다.

내가 두바이에 살 때다. 어느 핸지 한국에 폭우가 쏟아져 철원 가는 길에 있는 우리 어머니 묘지가 훼손되었다. 금자가 우리 어머니 묘지에 떼를 입히고 둑을 쌓은 후 내게 기별을 했다. 그뿐만이 아니다. 둘째이모가 위암으로 위독했을 때는 금자가 의로운 봉사자로 얼마나 극진히 간호했는지…. 외국에 있던 나는 그저 애가 탈 뿐이었는데, 금자의 성의를 생각하면 무슨 말로 그 고마움을 표현해야 할지 모르겠다.

자신의 직장인 대학을 따라 거처를 옮기면서 자연히 교회도 옮길 때마다 그녀는 세 번이나 권사직에 순종하며 거금을 내놓기까지 했다.

두 번째 천사는 독립문 근처에 사는 정희 씨다.

정희 씨는 내 딸의 친구 엄마로 그 딸 역시 마음이 천사 같다. 그들은 새벽교회에 가는 교인들에게 뜨거운 차를 준비하고, 어려운 동네 사람들을 친구라는 이름으로 돌보았다. 빈 박스를 잔뜩 싣고 가는 할아버지 리어카나 폐지수레를 밀면서 힘을 보탠다. 딸은 그 당시 음대생으로 자존감이 높을 때였건만 남의 눈을 의식하지 않는 그 모습 자체만으로도 나는 그녀를 안아주고 싶었다.

미국 유학을 마치고 그녀가 한국에 돌아온 뒤에도 행상 노인들과 어려운 이웃을 위한 헌신의 삶을 살았다. 내가 시드니에서 사업을 하다가 어려움에 처했다는 소식에 모녀가 이유도 묻지 않고 나를 무조건 도와주었던 일도 있다.

나는 두 천사들의 숨은 얘기를 다 말하지 못한다. '왼손이 하는 일을 바른 손이 몰라야 한다.'는 성구처럼 그녀들의 보이지 않는 선행을 고이 지켜주고 싶기 때문이다.

하나님을 믿고 따라가는 삶의 자세가 온전히 그 주군의 뜻에서 시작된다.

먼저 선하게 산다. 그리고 믿음에 따라 선을 나눈다. 마가의 다락방을 준비하여 작은 잔치를 베풀고 예수님께서 예루살렘에 입성하기 위하여 어린 나귀를 준비하였던 이름 없는 행인 같은 청지기다.

'먼저 행하라' 하신 말씀 따라 그녀들은 그날에 해야 할 임무를 할뿐이다. 이름 없는 사람들이지만 하늘에는 분명 천사명단에 그들의 이름이 기재되었으리라.

그녀들은 남들이 보이도록 내놓고 일을 하지 않는다. 어려운 이들을 위하여 보이지 않은 그늘에서 언제나 따뜻한 옷과 먹을 만한 식사를 준비한다. 자취를 남기지 않는 선행이지만 그들의 작은 흔적에서 나는 늘 놀라고 감사한다.

그녀들이 한 일은 작고 누구나 할 수 있는 일이지만, 실은 누구나 갈 수 없는, 산처럼 거룩한 행위임에랴! 나는 그녀들의 그림자까지도 거룩하게 보여 밟을까봐 조심스럽다. 청지기의 역할에 충실한 그녀들의 인생행로를 하나님은 기쁘게 바라보실 것 같다.

세상에서 그들과의 인연을 존중하는 나 자신까지도 하나님께서 칭찬하시리라 짐작되어 흐뭇할 뿐이다.

시드니

시드니의 맨살은 푸르다. 살며시 안기는 바람에게서는 바나나 향기가 난다.

밀슨 포인트에서 오페라하우스를 내려다보며 걸으면서 이 풍경을 싹뚝 잘라 한국으로 보내고 싶어진다.

나는 많은 나라를 여행했었고 그 중에 선택한 곳이 호주다. 중동의 여러 나라에서 각기 몇 달 혹은 몇 년을 살아보았다. 두바이 정착 3년을 끝내고 유럽과 미국의 여러 도시와 캐나다도 돌고 돌았다.

영국과 독일 그리고 프랑스보다 시드니를 선택한 것은 푸른 바람과 구름 때문이다. 무엇보다 시드니의 구름은 청춘이고 노년의 행복과 감사가 있다. 그리고 쉼과 위로가 있다.

여러 여행지에서 모국어와 영어 또 셈법을 배우며 아이들은 3학년과 4학년이 되었다. 그제야 정상 교육을 받기 시작하였다.

나는 학교생활에 잘 적응하는 아이들이 늘 고마웠다. 미술을 전공한 딸과 컴퓨터를 배운 아들은 편안한 마음으로 지금 자기들에게 주어진 일을 충실히 잘하고 있다.

한국 호주 일등서기관으로 있던 딸은 시드니로 돌아가 오랜 친구인 제임스와 결혼을 했다. 이십 년의 우정이 사랑으로 진행된 것이다. 사위는 지금 한국의 호주 대사로 부임하여 근무하고 있다.

제 누나가 결혼하여 나를 떠나가자, 아들이 제 누나를 대신하여 시간을 내어 주일이면 교회에서 돌아오는 나와 점심을 나누고 차를 마셔준다. 가끔은 늦은 오후까지 문을 여는 슈퍼마켓에서 식품을 사고 아들과 나는 늦은 밤에도 커피를 마신다.

나는 수십 년간 일기를 쓰고 있다. 성경을 쓰기 시작한 지 사십 년이고 오전 열한 시, 밤 열한 시에는 소리 내어

기도를 한다. 짧지만 긴 하루를 산 내 삶을 나열한다. 한국에서 쓴 노트들은 다 버렸고, 여기에 모인 것도 시드니에 와서 쓴 것으로 삼십 개가 넘었다. 쓰는 것은 내 유약한 마음의 위로가 되고 편안함의 원천이 된다.

나는 차를 좋아한다. 세계 각 나라 커피 맛을 다 아는 것 같다. 에티오피아 커피는 깊은 슬픔이 배어 있는 듯 쓴 맛이다. 그 나라의 열악한 환경과 어린 아이들이 가느다란 손가락에서 빨간 커피 열매를 보았을 때 피를 생각했다. 고단한 사람들이 가진 총명한 눈은 모두 진한 갈색이었다.

그린우드 카페는 한 주간 닷새는 간다. 천장이 뻥 뚫려 있어 좋다. 거기에 짙푸른 유리창으로 쏟아지는 햇빛은 은총이다. 나는 혼자 내 생의 말년을 보내야 하기에 자연을 보며 나의 외로움을 알아주는 듯한 구름이 좋다. 구름은 항상 어린 아이의 얼굴이다. 잠시 머물다가 떠나가고 다시 다가오는 구름은 천사의 얼굴이다. 식은 찻잔에도 내려앉고 핸드폰에서도 살랑거린다.

카페의 주인은 중국 여자다. 여자는 때때로 밀크셰이크와 비스킷을 내게 내어준다. 아들이 커피값을 미리 한 달씩

선불해 주는 것을 기특하게 여긴 때문이리라.

내 잔에는 나비도 날고 백조도 헤엄을 친다. 커피 잔 속에 그림은 늘 감동과 감사를 안겨 준다. 내 찻잔에만 구름이 내려오는 걸까.

외로움이 좋다. 고독이 호젓이 내 가슴에 와 줄 때 나는 복된 기쁨을 얻는다. 쓸쓸할 때 나는 세상의 생각을 벗는다.

겨울 커피 잔을 꼬옥 끌어안고 십 년을 연애하고, 이십 년을 살다가 소풍을 떠난 남편이 가끔 생각날 때면 그 빈 잔에 눈물을 떨구기도 한다. 그러나 이 그리움은 아름다움이다. 이별을 겪지 못한 삶은 재미가 없을 지도 모르겠다. 나만의 억지 변명인지는 모르겠으나 고통과 상처가 없으면 삶의 맛이 건조할 것 같다.

나는 천천히 하버브리지를 걷는다. 노곤한 태양이 구름에 실려 흐르고 눅눅한 내 슬픔에 기댄 구름은 그만 걷고 집으로 가라 한다.

시드니에 있는 교회 수가 백여 군데나 된다. 교포 목사들이 겸손하게 웃고 있지만 성도들은 마음이 아프다. 교회운

영도 많은 어려움이 있을 것이란 짐작만 될 뿐이다.

나는 지금 외국인 교회에 다닌다. 성도가 스무 명이고 모두 노인이다. 동양인은 나 혼자다.

내가 앉은 자리 위에는 태극기가 걸려있다. 얼마 전까지 한국 교회가 이곳에서 예배를 드렸는데 갈라지고 찢어져서 세 곳으로 흩어졌다. 이곳에 나만 남았다. 집이 교회 근처이고 차마 조국의 깃발을 두고 떠날 수 없어서이다.

한국어 설교를 못 들은 지 삼년이나 되니 외롭다. 그래서 가끔은 울 때도 있다. 하나님이 계시지만 바라볼 수도 없다. 때때로 나를 만져주시는 깊은 사랑을 느끼기는 한다.

한 달에 한 번 믿음으로 상처받은 부스러기 성도들과 그린카페에서 말씀을 나눈다. 내가 말씀을 전하기도 한다. 헌금을 하고 두어 곳에 보낸다. 우리는 부스러기들이라고 느낀다. 그러나 저 구름 너머 성령의 위로하심을 모두 알기에 조금씩 행복해 한다.

우리는 부스러기지만 각자가 주님의 기쁨이 되려 한다.

정확하지 않지만 교포 팔만 명이 넘는 호주에서도 태극기와 촛불 집회가 작은 광장에 나타나기도 했다. 조국을 떠나 살지만 나라 사랑은 애절하다. 모두가 연금 혜택을 받는 교인들은 그래도 타국에서 안정된 노후를 보낸다. 그러나 고향은 그립다.

지금 나는 잠시 한국에 체류한다. 사위의 집이다. 아름답고 고마우며 사위에게 늘 감사하다.

하늘이 부르시는 날 구름 상여를 타고 떠나갈 때 나는 말할 거다. 따뜻했다고, 그러나 춥고 아프고 외로웠다고.

숨소리 가득 눈물에 젖는다.

융프라우에서

그 때
나는 긴 치마를 입었다
잡풀에 찢어진
치마를 꿰매려고
시골 길 작은 가게에 갔다

조그만 동양 아이
까만 눈동자가
많이 늙은 여주인과
있었다

"나는 한국 사람이에요
나 한국에 가고 싶어요"
1990년
어린아이가 입양되어
거기 살고 있었다

그 날 밤 돌아누워 밤새 울었다
나는 기억한다.

구름 글씨

목이 메어 기침을 한다
녹슨 기차
긴 목이 흔들린다

아델라이드 벌목장에서
잠든 코아라
깊은 숨에 깨어난다

가슴이 아프다
깊은 숨을 쉬려고
청청한 숲의 벌판
아델라이드에 오래도록 있었다
많이
아팠다

케인즈 가는 길

사탕수수 밭을 지나다
갈색 아이들을 만났다
태양이 말아올린
곱슬머리들

발가벗고 웃는다
수수깡 잘강잘강 씹는다
먼 조상의 아이들
순결한 눈동자

-2014년, 비포장 길 천년이 숨어있는 사탕수수밭에서

멜번

이천 년 구월
야라강을 걸었습니다

어떡하나
어떻게 해야 하는가
발 마차 달리는
멜번 전차 길에서
나는
야라강만 바라보았습니다

구름에 담긴 야라강은
퉁퉁 부운 눈으로
그냥 가
그냥 가라고 했습니다.

—1991년 이별 다음 날

3

평신도의 출애굽

구약의 모세는
선지자 엘리야 그리고 신약의 예수 그리스도와
함께 변화산에 오시었다. (눅9:28~38)
믿음은 바라는 것들의 실상이요 보지 못하는 것들의
증거니 (히11:1)
모세가 세상을 떠난 지 3,500여 년.
나는 애담 광야 끝 바알 스봇 맞은편
믹돌 사이의 비하 하롯에서 한없이 울고 있습니다.

평신도의 출애굽

므리바1)(출애굽)

미리암2)의 낡은 샌들에 깊은 슬픔이 흔들렸다. 그녀는 모세에게 어머니 같은 누이다. 애굽3)왕 바로4)가 이스라엘의 모든 사내아이를 죽이라고 했을 때 갓난아기였던 모세를 갈대상자에 넣어 나일강에 띄워 보냄으로 그를 살려낸 생명 지킴이였다. 또한 애굽 공주의 눈에 띄어 물에서 건져진 모세에게 목숨을 내놓고 다가가 생모 요게벳을 젖어미로 공주에게 소개했던 사람 역시 미리암이었다.

1)므리바 다툼을 의미하는 단어
2)미리암 아므람과 오게벳의 딸이자 아론과 모세의 누이
3)애굽 이집트
4)바로 파라오, 이집트의 왕을 일컫는 말

신 광야 가데스에서 아내 십보라가 죽은 후 모세는 피부가 검은 이방인 구스[5] 여자와 결혼하려 했을 때 누이 미리암과 형 아론은 그 혼인을 인정할 수 없다며 분노했다. 율법을 지키지 않은 모세를 미리암은 지도자로서 자격이 없다고 했으며 아론 역시 이에 동조했다.

여호와께서 아론과 미리암과 모세를 회막문으로 부르시고

"내 종 모세는 나의 온 집에 충성됨이라 너희가 어찌하여 내 종 모세를 비방하기를 두려워 아니 하느냐!"라고 말씀하셨다. 이 일로 미리암이 문둥병이 들어 성문 밖으로 쫓겨나고 아론은 누이를 위해 모세에게 간청했다. 미리암이 진 밖에서 칠일을 지냈고, 이스라엘 사람들은 행군을 멈추고 미리암이 돌아오기까지 기다렸다. 모세는 너만 여호와와 통하느냐고 호통 치던 형 아론에게 다가가 오래도록 감싸 안았다.

여호와 하나님은 사람 쓰시는 방법이 다르실 뿐 모두에게 각양 은사를 주셨건만 전능자의 권위에 도전했던 누이

5)**구스** 애굽의 남쪽 지역, 누비아 또는 수단, 고전 작가들이 말하는 에디오피아

미리암은 이제 이 땅에서는 탬버린을 칠 수 없는 조상에게
로 돌아갔다.

마른 가지

아빕월 밤 정시에 애굽의 라암셋을 탈출한 지 사흘 만에
먹을 물이 떨어졌다. 르우벤[6] 족장이 물 웅덩이를 찾아냈
지만 그 물은 더럽고 씁쓰름하기까지 하였다. 사람들은 실
망하였고 더 이상은 걸을 수 없다며 모세를 원망했다. 모세
역시 기진하여 시야마저 흐려왔다. 정오의 끓는 햇볕이 살
갗을 태우는 것 같았다. 여호와를 향하여 높이 든 모세의
팔에 힘이 빠져 어깨만큼 떨어지고 있었을 때

"네 앞에 마른 나뭇가지를 보느냐 그것을 들어 물 위에
놓거라"

낯익은 음성이 그를 흔들어 깨웠다. 여호와의 빛이었다.
모세는 의심 없이 순종했다. 죽은 방울들이 떠밀려 올라와
숨을 쉬기 시작했다. 물의 살결이 푸른 안개 되어 온 웅덩
이를 덮었을 때 맑은 물줄기가 솟구쳤다. 어느 사이 태양이

6)르우벤 레아에게서 태어난 야곱의 장자

구름 저편으로 달아나고 물은 삽시간에 므낫세[7] 지파를 지나 더 아래로 흘러넘치며 흘러 온 사막을 적셔 나갔다. 사람들이 물로 뛰어들었다. 양떼가 달려들어 물에 쫓기며 궁둥이를 적시고 낙타들이 긴 목을 꺾고 물에 취해 있었다. 그 날에 미리암이 탬버린을 치고 여자들과 아이들은 머리를 풀어 내리고 춤을 추었다.

종려나무 12개와 물웅덩이

맨 앞에 성채가 미동도 하지 않고 나아가고 좌우로 레위인들이 걸었으며, 아론이 그 앞에 서고 모세가 멀지 않은 곳에서 지팡이를 짚어 나아갔다. 모세의 아들들도 동편에서 성채를 호위했다.

바람 없는 광야의 긴 그림자를 밟고 가도 가도 끝나지 않는 붉은 모랫길을 묵묵히 걸었다. 여호수아가 달리던 길에서 되돌아와 모세에게 새로운 지시를 받고 다시 달려가기를 거듭했다. 양들이 뒤뚱거리고 낙타의 두꺼운 입술에 허연 거품이 바싹 말라 있었다. 사람들이 어디 마라[8]의 쓴

---

7) **므낫세** 요셉의 장자

물이라도 다시 만날 수 없을까? 하고 나일강의 푸른 물을 그리워할 때 모세는 검은 구름 한 조각을 쫓아가고 있었다.

어디에서도 바람이 불어오지 않는 정오였다. 그때 쓰러져 가던 양들이 갑자기 삼각 대열을 이루더니 앞으로 내달리기 시작했다. 정찰을 나갔던 족장들이 진중의 앞으로 달려와 멀지 않은 곳에 물이 있을 것 같은 조짐이 보인다고 전하였다.

모세의 눈은 이미 물 속에 잠기었다. 조금 멀리 종려나무9)들이 빽빽한 잎새로 청청한 몸을 흔들고 있는 것을 보고 있었다. 여호와의 하늘 구름들이 바삐 맴을 돌자 물은 헐떡이며 낮은 모랫길을 걸어오고 있는 열두 지파를 향해 더 넓게 흘러내리기 시작하였다. 가장 멀리서 오고 있는 단10)지파에서부터 길고 높은 나팔이 울려 퍼지기 시작했다. 물이 도착하고 있다는 기쁨의 기별이었다. 여호와 이레11)였다. 홍해가 갈라지던 날의 그 감격이었다.

---

8) **마라** 이스라엘 민족이 홍해를 건너고 처음으로 진 친 곳
9) **종려나무** 팔레스틴 지역에 분포되어 있는 야자나무로서 생명의 나무로 불리며 건축자재로도 사용됨
10) **단** 라헬의 시녀 빌하가 야곱에게서 낳은 두 아들 중 맏아들
11) **여호와 이레** 여호와께서 준비하심 이란 뜻

그날의 홍해

"나는 네 하나님 여호와이니라"

전능자의 목소리가 모세의 목을 메이게 하였다.

바로와의 열 번째 긴 시험에서 승리하고 이스라엘 족속들이 이제는 제법 애굽으로부터 멀리 왔다고 생각했을 때 백성들은 그들의 뒤를 바짝 쫓고 있는 애굽 병사들의 말발굽 소리와 함성을 들었다. 아무런 어려움 없이 젖과 꿀이 흐르는 언약의 땅으로 갈 수 있다는 희망이 순간 와르르 무너졌다. 또 그들의 눈앞에는 검붉은 바다가 무섭게 흘러내리고 있었던 것이다. 열두 지파의 군장들이 동요하는 군중을 진정시키려 했지만 겁먹은 여자들은 울음부터 터뜨렸다. "이럴 줄 알았다니까! 우리는 애굽의 바로에게 복종하고 살았어야 된다고!"

"여호와여! 이 민족을 살리실 분은 오직 하나님 한 분입니다. 어찌하여 저들이 우리를 다시 공격해 오고 있나이까? 여호와는 지금 어디 계십니까? 우리를 보소서!"

피를 토할 것 같은 목마름으로 모세는 부르짖었다. 앞은 홍해였고 뒤는 애굽 군대가 달려들고 있었다. 그때에도 여호와는 지체하지 않으셨다. 모세는 팔을 들어 구원을 간구하였다. 겁에 질린 백성은 움직일 힘도 없었다. 말씀이 백성들 위를 지나 험한 바다 위에 바람을 일으키자 순간 물은 곤두박질 치고 땅은 마르기 시작했다. 엄청난 물이 솟구치면서 땅 밑과 좌우로 빨려 들어갔다. 놀라움에 입을 벌린 이스라엘 군중은 하나님이 만들어내는 엄청난 신비에 몸을 떨었다. 모세의 지시로 여호수아와 지파장들이 레위인들을 맨 앞에 세웠다. 그들은 아무 말도 하지 않고 물이 사라진 맨 땅으로 내려섰고, 성채가 들어섰다.

모세는 팔을 더 높이 들어 올렸다. 지파의 계보를 따라 두려움에 떨며 행렬은 죽음에서 삶으로 걸어 나아갔다. 경이로운 광경이었고 넋이 나간 진행이었다. 애굽 군대의 함성은 아무도 듣지 못했다.

모세는 가늠 수 없는 은혜에 감격했다. 하나님의 은총이었다. 광채를 더한 달빛만이 바닷길을 비춰 주었다. 르우벤 족속들이 수르 광야에 첫발을 내디뎠을 때는 이미 새로운 광야에 세잘나무 불더미들이 여기저기 피워 올랐다. 에브라임12) 지파들과 그리고 단 지파가 마치 바람에 실려오듯

새로운 땅을 밟아 앞으로 나아갔다. 마지막 단 족속의 끝에 오던 젊은 군대들이 힘있게 은나팔을 불어 먼저 온 대열들에게 신호를 보냈다. 바로 이스라엘의 머리 위에서 빛을 내리던 달이 구름 두루마리에 밀려 올라가고 동녘에 낮달이 서서히 모습을 감추었다. 모세와 아론이 마침내 그 빛 속으로 들어오자 그때까지 말랐던 바다의 깊은 음부가 닫히며 붉은 물덩이들이 순식간에 이스라엘들이 건너온 바다 속을 채워나갔다. 그와 동시에 채찍을 흔드는 애굽 군대의 장수들이 바로의 황금마차를 호위하여 뛰어들기 시작하였다. 그러나 그들이 미처 깨닫기도 전에 물이 이미 차오르기 시작하였다. 군사의 고함소리, 말들의 비명소리가 험한 물살과 한 덩어리가 되어 곤두박질했다. 방금 이스라엘이 걸어 나온 말랐던 땅이 다시 바다가 되어가고 있었다.

수르 광야에서 백성은 애굽의 군대가 어떻게 멸망하는지를 똑똑히 바라보았다. 찬란한 옷을 입은 바로의 군사들이 발버둥치는 것을 홍해를 건넌 사람들이 목격한 것이다. 바다가 몇 번 지축을 흔들다가 갑자기 고요했다. 스올의

12) **에브라임** 기근이 오기 전 보디베라의 딸 아스낫이 요셉에게 낳아 준 둘째아들

뱃속이 입을 다물었던 것이다. 벗겨진 애굽 군사의 옷들과 시체 그리고 활과 수레바퀴가 물 위에 떠내려가고 있었다. 깊이 감기운 모세의 눈에 안도와 경이가 눈물이 되어 흘렀다.

광야에서의 반란

광활한 모래 위로 뜨거운 바람이 불었다. 홍해를 건넌 지 이레가 되었을 때 식량이 떨어지고 있었다. 사람들은 홍해의 기적을 이미 잊은 채 고단한 눈을 감고 주저앉기 시작했다.

스불론13)과 잇사갈14) 무리들은 이미 걷기를 거부하고 아우성이라는 전갈이 왔다. 늘어진 궁둥이에 부스럼 딱지가 덕지덕지 매달린 양들은 아예 눈을 감고 비틀거렸다.

"우리를 굶겨 죽이려고 이 광야로 데리고 왔소! 다시 애굽으로 돌아갑시다."

늙은 부모를 잃은 가족들이 울부짖었다. 그 곁에는 이미

---

13)**스불론** 야곱의 열 번째 아들이고 레아의 여섯 번째 아들
14)**잇사갈** 야곱과 레아의 다섯째 아들이며 야곱의 아홉 번째 아들

죽은 자식을 껴안은 젊은 여자가 정신을 놓고 있었다. 가시를 매단 잡풀들이 모래 광야로 휘익휘익 날렸다. 어디에도 생명의 흔적은 없었다. 열두 개의 우물과 우거졌던 종려나무들이 그리웠다.

사람 모세의 회상

모세는 잠들지 못했다. 굶주린 백성이 잠이 들었을 장막 사이를 걸었다. 그의 발걸음이 비틀거렸으며 가슴은 뜨겁게 울었다. 사막의 밤은 추웠고 잔 얼음이 섞인 서리가 옷자락에도 맺혔다. 미디안 땅에서 장인 이드로의 양떼를 돌보던 날들이 스쳤다. 가시떨기에 불이 붙어 타오르고 있었다. 시내산에서였다. 불 속에서 한 목소리가 있었다.

"네가 선 곳은 거룩한 땅이니 신을 벗으라."는 목소리에 모세가 머뭇거렸다. 두려움이 가슴을 쳤다. 아득한 기분에 잠겼다. 애굽으로 돌아가 이스라엘을 이끌어 내라는 명령의 음성이 그의 귓전을 때렸다. 또 다시 그 음성은 이스라엘은 네 백성이라고 모세의 귀에 들려주고 있었다. 모세는 말했다.

"아닙니다. 나는 도망자입니다!"

그러나 말은 소리가 되어 나오지 않고 떨리기만 했다. 바로의 공주였던 양어머니가 생각나고 호사스럽고 활기찼던 궁중에서의 일상이 어둔 사막 저 멀리에서 너울거렸다. 애굽의 문화와 학문에 뛰어났던 모세를 자랑스러워했던 양어머니는 모세가 바로의 뒤를 이어 왕이 되어주기를 소망했던 것 같았다. 그러나 모세의 깊은 가슴은 유모가 된 친어머니의 양육으로 이스라엘의 민족정신을 깨달아 가고 있었다. 잘생기고 지혜로웠던 모세는 애굽과 이스라엘 문화 속에서 갈등하지는 않았다. 두 어머니의 근심 띤 얼굴이 밤바람 끝에서 희미해져 가고 있었다. 흐르는 눈물로 모세는 광야 저편 므리바 바위 산을 더듬었다.

만나와 메추라기

5~6년마다 비가 오면 하얀 모래 강이 넘치던 맛사에서였다.

"아이야, 아무것도 염려하지 마라. 먹을 것을 주마. 아침이 되면 장막마다 양식을 내려 주겠으나 참고 기다릴 줄 모르는 이 백성을 내가 다시 한 번 더 시험하리라. 사랑하므로 시험하리라."

말씀 앞에 모세는 눈물을 삼켰다. 고개를 들어 바라보던 성막 위로 밤 구름이 낮게 내려오는 그곳으로부터 여호와의 말씀과 함께 달콤한 냄새가 나는 듯하더니 하얀 봉오리들이 아직 깨어나지 않은 어둠으로부터 내리려고 얼굴과 손등으로 몽실몽실 떨어지고 있었다.

모세는 빙그레 웃었다. 감사가 모세의 온몸을 떨게 했다. 후각이 잘 발달된 이방인들이 장막을 제일 먼저 떨게 했다. 그들은 갓씨와도 같은 알갱이들을 두 손으로 움켜잡고 먼저 코로 가져갔고 볼에 비벼댔다. 이방 잡족들의 환호성에 아직 잠에서 덜 깬 채 뛰어나온 이스라엘 사람들의 눈이 휘둥그레졌다. 속 깊은 모세는 그것을 하늘의 양식 '만나[15]'라고 하였다.

기적은 그뿐이 아니었다. 고기가 먹고 싶다고 충동질하는 이방인들로 인해 입맛이 돈 이스라엘 사람들은 이제 만나로 만든 과자와 떡에 더 이상 만족하지 않았다. 사람들은

---

15)**만나** "이것이 무엇이냐"라는 의미

참을 수 없는 식욕으로 급기야는 서로 다투고 원망했다. 애굽에서는 고기를 실컷 먹고 살았었다며 모세를 원망했다.

참을성 없는 백성 이스라엘이 여러 잡족들과 뒤섞여 울고 원망하므로 모세는 안타깝고 답답했다. 이 백성을 데리고 가야 할 길이 아득했다.

모세는 홀로 걷다가 주저앉았다. 다시 일어섰고 다시 걸어 나아갔다. 모세는 간절한 마음으로 여호와를 불렀다.

"아이야! 나를 불렀느냐. 그래 네 마음을 다 안다. 백성의 소원대로, 먹을 고기를 주겠다. 바로 내일 아침이니라."

심령을 어루만지는 여호와의 낯익은 말씀이었다.

모세는 근심했다. 한 달이나 고기를 주시겠다니! 수많은 백성에게 어떻게 그런 일이 이 사막 한 가운데서 일어날 수 있겠는가? 만나는 여호와의 자비로우심으로 가능하다고 하더라도 고기라니?

그때 다시

"아이야, 만나는 되고 고기는 안 되느냐?"

웃음기까지 묻어나는 말씀이 다시 들리던 그 시간 아직

어두운 동녘에 검은 구름 떼가 몰려들고 있었다. 그리고 살아있는 새떼들이 진중으로 내려와 쌓이기 시작하였다. 온 지파의 머리 위로 내려와 더는 날지 않고 퍼덕거렸다. 모세는 숨을 쉴 수가 없었다. 세상에 이럴 수가 있단 말인가? 고센[16)]땅에서 즐겨 먹었던 메추라기였다. 단 고기였다. 모세는 거꾸러지며 부르짖었다.

"아버지시여! 나의 어리석음을 용서하여 주소서! 아버지께서는 어디에서든지 무엇이든지 하실 수 있다는 것을 내가 잊었나이다. 전능자여 나를 용서하여 주시옵소서."

사람들은 신명이 났다. 벌써 로뎀나무[17)] 숯불을 일구고 세잘나무에 꿴 고기들을 올리브에 찍어 구워댔다. 만나로는 무지개떡과 구름과자를 만들어 먹기에 정신이 없었다. 감사에 취하고 배부름에 흥이 나서 흔들거렸다.

16)**고센** 이집트에서 가장 비옥한 땅. 야곱의 가족들이 정착하여 생육하고 번성하였던 곳.
17)**로뎀나무** 유목민들에게 유용하게 쓰였던 장작의 재료. 쉽게 불이 붙고, 쉽게 꺼지지 않음.

르비딤

호렙[18] 산 뒤쪽 르비딤[19]이 가까워졌지만 물을 만날 수 없었다. 기적에 익숙해진 백성은 뻣뻣한 목을 세우고 모세를 바라보았다. 지휘관들도 모세가 어떻게 또 하겠지 하는 태도들이었다. 이렇게 목이 탈 때에는 포도주 한 모금이 최고라고 어리석은 백성들은 애굽을 떠날 때 급히 묻어두고 온 술독을 생각했다. 고센 땅은 단 포도주가 지천이긴 했었다. 애굽 군인들에게 빼앗기긴 했어도 밭고랑에 떨어진 포도 알만으로도 그들은 술을 담가 먹고는 했다. 거친 흙에 구하기 힘든 볏짚을 짓이겨 벽돌을 굽던 고달픔은 벌써 잊고 있었다. 이제는 추억이 되어 있었다. 국고성 라암셋을 지을 때 얼마나 많이 채찍에 맞았던가! 다 쌓아 올린 탑을 무너뜨리고 다시 쌓기를 재촉하던 애굽 병사들의 독설은 생각나지 않았다.

르비딤에서 모세는 외로웠다. 기댈 수 있는 이는 오직 여호와였다. 모세의 살갗도 수분이 다 빠져 마른 가죽 같았

---

18) **호렙** 르비딤에서 그리 멀지 않은 곳으로 여호와께서 떨기나무 사이에서 모세와 처음 만난 장소로 추정된다.
19) **르비딤** '쉬는 곳'이란 뜻. 신광야에서 시내산으로 가는 도중에 머물렀던 곳.

다. 볕은 따갑고 발가락에는 피가 맺혔다가 흐르고 또 흘러내렸다. 멀리 산 아래 백성들은 한낮의 뜨거운 볕을 피해 장막에서 낮잠을 자는지 조그마한 인기척 소리조차 없었다. 모세의 그림자를 멀리 여호수아가 조용히 따르고 있을 뿐이었다. 많은 날들이 지난 후 모든 것을 아시고 계시는 여호와께서 모세의 발을 멈추게 하셨다. 하루 해가 저물어 가는 뜨거운 광야의 오후였다.

"아이야, 이제 돌아가서 지팡이를 들어 거기 있는 반석을 내리쳐라."

모세는 지체치 않았다. 눈앞에 가로로 누워있는 바위를 당장 내리쳤다. 순종의 지팡이였다. 믿음이었다. 행동하게 한 확신이었다. 종일 태양 아래 있던 검은 바위가 둘로 터졌다. 그리고 그 사이로 물방울들이 주먹 만하게 공중으로 튀어 올라오더니 물거품을 만들며 붉은 사막 속 검은 자갈들을 아래로 굴려 내렸다. 장막에서 나온 백성들은 산꼭대기에서 들린 굉음에 이어 공중으로 분출하며 흘러내리는 물줄기를 멍청히 바라보다가 곧이어 만세를 외쳐댔다.

몇 날을 물속에서 흥청거리며 배를 두들기던 이스라엘

에게 아말렉[20]군대가 공격해왔다. 삽시간이었다. 오랫동안 애굽에서 노예로 살았던 이스라엘 백성들은 일방적으로 밀리기만 하였다. 모세는 여호수아를 지휘관들 앞에 세우고 적군을 향해 공격하라고 지시했다. 그리고는 다급해진 모세는 산꼭대기에 올라 두 팔을 들어 여호와를 향해 긴급한 도움을 요청하였다. 싸움은 치열했고 들어올린 팔의 힘이 빠져나가 처질 때에는 두 사람이 양 옆에서 모세의 팔을 들어 올렸다. 에서의 후손인 아말렉은 강했지만 여호와의 깃발 아래서는 한없이 약하기만 했다.

아말렉을 이긴 모세는 여호와의 감사의 제단을 쌓아 치열했던 전투에서 단 한 사람도 상하거나 죽지 않았음을 감사했다. 오직 승리는 여호와의 것이었다. 백성들이 자발적으로 성막에 예물을 드렸다.

또 다시 목마름으로

사막은 거침없이 뜨거웠다. 백성들의 발가락은 짓무르고 피고름이 엉겼다. 이따금 떨기나무[21]들이 있었지만 죽

---

20)**아말렉** 에서의 손자 아말렉의 후손으로 호전적인 부족

은 지 오랜 것이었다. 성채를 멘 므라리[22] 족속들은 옆으로 길게 드리운 자기들의 그림자만 밟으며 조용히 아론의 지팡이를 따라 걸어나갔다. 구름 밖 저 멀리로 해가 물러가는 시간이었다. 르우벤 지파 삭굴의 아들 삼무아가 급히 달려왔다. 그는 모래먼지를 뒤집어쓰고 왔다. 옆구리에 찬 해달 가죽으로 된 물통은 바싹 말라 있었다.

"우리 아래로 따라오는 갓[23] 지파장 그두엘이 말하는데 백성들이 행군을 멈추고 쓰러지고 있다 합니다."하고는 숨을 헐떡거렸다.

모세의 마른 몸에 불 바람이 일었다. 모든 족속의 물은 이미 떨어졌을 것이다. 메추라기도 내리지 않은 지 이미 오래였다. 해가 지고 있어도 광야는 여전히 무더웠다. 모래바위에서 솟아오르는 지열 때문에 더 후끈거렸다. 어떤 족속들은 떼거리로 싸우고 병이 든 노인들은 열사병까지 더해져서 죽어간다는 보고가 계속되었다. 측은했다.

21) **떨기나무** 이집트와 시내 반도에서 흔히 볼 수 잇는 아카시아 종류의 가시나무
22) **므라리** 레위의 셋째 아들로 레위 지파의 거대한 세 가족 중 하나의 시조
23) **갓** 야곱의 일곱 번째 아들로 레아의 여종 실바의 첫 소생

모세는 누구와도 눈을 마주칠 수가 없었다. 자신의 무기력 앞에 무너지려 했다. 이 백성은 왜 기도하지 않는가! 왜 여호와를 찾지 않는가! 모세의 한탄 속에 때로는 깊은 울화가 치밀었다. 왜 나만 바라보는가! 어쩌란 말인가! 모세도 지쳐가고 있었다. 그때 여호와의 말씀이 모세의 귀를 열었다.

"아이야 멈추어라. 너는 온유한 사람, 참을성이 많은 지도자가 아니냐. 네 지팡이를 들어 지금 네 눈 앞에 있는 반석에게 말하라. 그리하면 물이 나오리라. 인내하라!"

여호와의 낮은 목소리가 느껴지자 순간 모세는 무엇인가에 북받히는 감정으로

"아니 내가 이 백성을 낳았습니까? 이들이 내 자식입니까? 왜 나만 힘들게 하십니까?"

"그래 이스라엘에게 내 능력을 보여주마."

갑자기 모세의 목에 걸려 있었던 말이 터지면서 모세는 반석을 두 동강이 나게 내리쳤다. 거친 숨이었다. 혈기였다. 물이 와르르 튕겨 오르다가 콸콸 쏟아졌다. 무수한 잔별들도 떠올랐다. 모세의 몸뚱이가 멈칫했다. 머리에 번개

가 일었다. 아! 그의 영롱했던 눈동자에 뻘건 눈물이 흘렀다. 그가 얼굴을 가렸다. 세상에서 가장 온유하다던 내가 지금 여호와의 말씀을 어기고 바위를 두 번씩이나 친 것은 죄악이다. 생각하니 이제까지 인내했던 길 위에서의 고통과 백성과 함께 흘린 감사의 눈물들이 다 떠내려가는 것 같았다. 쏟아지는 물과 먼 데 어디에선가 누이 미리암의 비파 소리가 그를 더 고통스럽게 했다.

"너는 그러면 안되는데…. 바위를 향하여 말하라고 하였음을 너는 들어 알고 있으면서 그리 하였구나."

누이의 음성이어서 더 아팠다. 사람 모세는 죄의 본능에 저항하지 못하고 응하였음을 탄식하였다. 인간의 마음을 버리지 못했던 모세의 절망은 허무했다. 눈물로 만들어진 어진 모세는 쓰러져 흐느꼈다. 한없이 못난 자신을 때리며 울어야만 했다.

십계

구름 산 삼 천 층은 수십 만 개의 불기둥에 둘러싸여 빛의 소리를 풀어 내리고 있었다. 바람 날개 아래로는 보지 않아도 알 수 있는 맑은 물소리가 가득했다. 천상은 무한히 넓고 높으며 그윽했다. 얼핏 옥빛 얼굴은 광채 속에 가리어 있어도 모세를 아름다움과 인자함에 떨게 하였다. 따스한 두 돌판을 빛으로부터 받아 안았다. 동시에 모세의 얼굴에 광채가 일었다. 낯익은 기침소리가 바로 그의 귀에 와 머물렀다.

"벌써 네가 나와 있은 지 40일이구나. 아이야, 이것은 생명의 언어들이다. 산 아래로 이제 내려가거라. 나의 백성이 금송아지를 만들었구나."

허공 속 음성은 거기서 멈추었다. 그러나 여전히 인자한 기운이 그를 감싸 안아주고 있었다. 애수였다. 안타까움이 절절한 은총의 숨소리였다. 모세는 구름 밭 아래로 흘러내리고 있었다. 두 돌판이 여호와의 온기로 따뜻했다. 한여름 밤의 꿈이 아니라 생시였다. 천국은 생령으로 진동하는 황금도시였다. 알 수 없는 꽃들과 이름 모를 새 떼들이 담소를 나누고 천사들과 어린 양들이 사자들의 새끼들과 섞여 놀았다. 낮고 높은 집들과 낯익은 사람들이 강과 들에서 빠르거나 느리게 움직였다. 모세의 마음이 거기에 머무는 것 같았지만, 그가 내디뎌 선 곳은 바로 기다림에 지친 여호수아 앞이었다.

깊은 혼돈에서 모세는 눈을 비볐다. 수척해진 여호수아였다. 여호수아가 눈을 떴다. 모세의 가슴에 두 손으로 껴안은 돌판이 보였다. 잠시 바람도 없는 산이 흔들렸다. 우수수 오래된 나뭇잎이 떨어졌다. 왁자지껄한 말소리와 노랫소리 속에서 아론의 손에 높이 들린 금송아지가 보였다. 모세의 등 뒤 방금 내려온 산에서 노여운 굉음이 한 번 더 울렸다. 순간 포도주 잔을 들고 흥겨웠던 사람들이 거꾸러지기 시작했다. 여자들이 뒹굴었다. 모세는 아론의 금송아지를 빼앗아 냅다 던졌다. 사람들이 흩어지고 아론이 모세의 발 아래로 무너졌다. 여호수아가 모세를 진정시키려 했지만 다시 금송아지 조각을 주워든 모세는 그것을 밟고 짓이겨서 해골 골짜기에 뿌렸다. 모세는 두 눈을 뜨고 울었다. 애굽 왕실에서 금 사슬을 목에 걸고 태양 신전에서 교육을 받던 시절 자주 보게 되었던 바로 왕의 멈추지 않는 분노와 광기를 닮아있는 자신의 모습에 소스라치게 놀랐다. 모세는 히브리인들이 강제 노동으로 학대를 받는 현장에 우연히 갔다가 매를 맞는 자기 민족 청년을 보게 되었다. '욱' 하는 혈기로 모세는 애굽 사람을 때려 죽게 하여 미디안으로 숨어들어 40년을 살게 되었다. 그 광야의 삶이 모세를 변화시켰으나 지금 그는 사람 모세에 지나지 않았다. 모세는 샌들을 벗어 들고 사암 조각들이 널린 광야로 깊이 걸어 나갔다. 소금강이었다. 하얀 잔물결이 멈추어진 곳에 뭉게구름이 일었다. 모세는 강물에 몸을 던졌다. 살아 있는 죄의 덩어리들이 두둥실 떠올랐다.

사람 모세

양기름 타는 냄새가 장막에 가득했다. 모세는 키가 크고 넓적한 갈댓잎을 펴 말린 후 출애굽 과정을 적었다가 다시 양피지에 옮기는 일을 벌써 여러 날 계속했다. 파피룻은 오랜 시간 습기와 온도를 조절해 보관해도 부스러지거나 좀이 슬어 간수하기가 어려웠다. 양피지 위에서 돌촉은 끝없이 사각거렸다. 성막을 둘러싸던 어두움도 빠져나가고 벌써 고핫 자손들은 아침 제사를 준비했다. 오호리암과 손재주가 있는 여자들이 밤새 적당히 젖은 해달 가죽에 붉은 석류 물을 들였다. 그리고 진중에는 만나가 하얗고 연붉은 색깔로 내려와 쌓여지고 있었다. 백성은 애굽의 단 과일과 노란 줄무늬 호박과 아삭거리는 싱그러운 오이가 먹고 싶다고 여러 날을 보채었다.

칠십 인의 장로들이 야곱의 열두 아들을 기념하여 만든 돌기둥으로 모여들었고 광야는 뿌연 지평선을 드러내고 있었다. 고라24)와 다단25)과 아비람26) 그리고 온27) 등 네 사람의 반란으로 14,700명이나 죽어야 했던 북쪽 그늘진 모래 언덕으로도 새벽이 올라왔다. 그때 염병으로 259여 명이 더 죽었고 그 곳에 무덤들이 생겼다. 고라는 레위의 증손 고핫의 손자이며 이스할의 아들이었다. 그들은 말씀을 따라 성막 봉사자로 중요한 위치에 있던 모세의 사촌들이기도 했다. 땅이 갈라져 반수의 무리가 구덩이에 떨어져 묻혔다. 다행히 고라의 아들들이 그 사건에서 떠남으로 죽음은 면했지만, 근친들의 무참한 죽음을 목도하고 참회하

24)**고라** 레위의 증손 고핫의 손자 이스할의 아들
25)**다단** 르우벤 자손 엘리압의 아들
26)**아비람** 르우벤 지파 엘리압의 아들, 다단과 형제
27)**온** 벨렛의 아들이자 르우벤의 족장

는 시를 지어 지금은 여호와만을 섬기는 일에 열심을 내고 있어 모세의 위안이 되었다.

"만군의 여호와여 주의 장막이 어찌 그리 사랑스러운지요 내 영혼이 여호와의 궁정을 사모하여 쇠약함이여 내 마음과 육체가 살아계시는 하나님께 부르짖나이다. 나의 왕 나의 하나님 만군의 여호와여 주의 제단에서 참새도 제 집이 있고 제비도 새끼 둘 보금자리를 얻었나이다… 주께서 우리를 다시 살리사 주의 백성이 주를 기뻐하도록 하지 아니하시나이까 여호와의 의가 주의 앞에 앞서 가며 주의 길을 닦으리로라. 아멘"

칠십 인의 장로들도 고라 자손의 시에 음률을 입혀 여호와를 찬양하고 있었다. 여호와의 위엄이 천지에 자욱했다. 불뱀이 반역의 무리를 물어 죽여갈 때 모세는 깊은 탄식을 했다. 그러나 여호와의 인자하심으로 놋뱀을 만들어 장대에 높이 달아 쳐다보는 사람들이 다시 살아날 때에야 모세는 안도의 눈물을 흘렸다.

모세는 늘 마음이 아팠다. 지나간 나날은 염려와 고통과 기대와 절망의 사이를 걸어가는 불안의 연속이었다. 연약

한 백성이 이방인들의 선동에 휘둘려 폭도로 변할 때마다 여호와께 매달렸던 모세는 십계를 내던지고 금송아지를 때려부수던 날의 충격에서 온전히 벗어나지 못했다. 그 사건 후 형 아론은 허리가 더 굽어 있었다. 모세는 형을 가만히 끌어안았다. 바싹 마른 형의 몸은 만나를 기념하기 위해 만든 싯딤나무[28] 항아리보다 더 작고 가벼웠다. 브살렐[29]이 종종 걸음으로 지나갔다. 멀리서 보아도 부지런한 그였다. 그의 손에는 떨기나무로 조각한 나무 판들이 들려있었다. 그가 가는 곳에는 자주색 홍색 청색 실 꾸러미가 둥근 물레에 걸려 돌았다. 수달의 가죽을 어깨에 멘 무리들도 오홀리압에게로 가고 있었다. 초하루가 다가오고 있었다. 성막을 다시 살피고 성전의 집기들을 정성스럽게 닦은 레위인들이 조용히 물두멍을 향해 나아가고 일곱 촛대에는 여호와의 은총이 서리어 있었다. 이스라엘의 아침, 여호와의 은총이 충만했다.

28) **싯딤나무** 광야에서 흔히 발견되는 가시나무의 일종
29) **브살렐** 오홀리압과 함께 특별히 하나님에 의하여 지혜를 받아 성막의 설계와 장식, 성막기구와 장식품을 만드는 일과 장인들을 가르치는 일을 함

모세의 묵상

여든다섯 살 아브람이 여호와의 말씀에 순종하여 조상의 땅 갈대아 우르[30]를 떠났다. 일찍 부모를 잃은 조카 롯과 그의 가족 그리고 식솔들도 함께였다. 오랜 후 아브람이 비옥한 땅을 찾았고 그 기름진 땅을 롯에게 양보하였다. 아브람의 나이가 백세가 되었을 때 여호와는 약속하셨던 아들을 그들에게 허락하시었고 그때 아내 사라의 나이 구십 세였다. 아들 이삭이 일곱 살 되었을 때에 여호와의 말씀이 아브람에게 천둥처럼 쏟아졌다. 약속의 아들 이삭을 모리아산으로 데리고 가 여호와의 제단에 번제물로 바치라는 명령이 내려졌다. 아브람은 아직 사람의 발이 닿지 않았던 산을 넘고 골짜기를 지나 오직 순종함으로 걷고 또 걸었다. 어린 이삭은 채색 옷을 팔랑거리며 마냥 즐거워하였다.

아버지와의 동행은 기쁨이었다. 아이의 밝은 웃음소리가 숲을 흔들었다. 아비의 마음이 절망으로 떨었다. 아이

---

[30] **갈대아 우르** 가나안을 향해 떠나기 전 아브라함이 살던 곳으로 상업과 무역의 중심지이자 학고가 있었고, 우상숭배가 성행했던 지역

를 붙들고 왔던 길을 다시 내달리고 싶었다. 절절히 도망치고 싶었다.

"아버지, 그런데 여호와께 드릴 어린 양은 어디 있나요?"

이삭의 물음에 아브람의 가슴은 찢어지듯 아팠다. 아이는 저만치 벌써 내달리고 있었다. 멀어지던 이삭이 아비의 눈 앞으로 다시 다가섰다.

"아버지, 저기 반석이 있어요. 여기서 제사를 드리면 안 되나요? 아버지가 꼭 아침 저녁 제단을 쌓던 곳 같아요."

이삭의 잽싼 발걸음이 어느새 넓은 반석에 닿더니 거기에 누워 숨을 가다듬었다. 이삭의 눈은 이슬을 품은 별과 같았다. 아브람은 어깨에 메었던 삼줄을 내렸다. 그의 떨리는 손이 누운 아이의 몸에 삼줄을 감았다. 그때까지 미동도 하지 않던 아이가 냅다 소리쳤다.

"아버지, 양이에요! 저기 가사나무에 걸린 어린 양을 보세요!"라며 높이 들린 아버지의 칼날을 바라보는 두렴 없는 눈웃음과 마주쳤을 때 영혼의 눈이 열린 아브람의 눈은 그때에야 가시풀을 뒤집어 쓴 어린양을 보았다. 왈칵 눈물이 솟았다. 아브람은 이삭을 확 끌어안고 흐느꼈다. 감사의 몸부림이었다. 절망에 찼던 모리아산이 어린 양의 긴 울음 소리에 나뭇잎을 우수수 떨어뜨렸다.

조상의 아버지 아브람과 이삭의 모습이 모세의 가슴에 들어와 안겼다. 지금 모세의 마음이 어린 아들을 베어야 할 아브라함과 같았다. 하늘 곳간을 열고 만나를 주시고 구름 그물로 메추라기를 몰아오시던 여호와의 숨소리가 들리는 것 같았다. 모세는 다시 일어섰다. 여호와의 지팡이를 힘차게 들었다.

아론의 죽음

"모세야! 네 조카 엘르아살을 데리고 네 형 아론과 호르산으로 오르거라."

"호르산이라구요?"

되물으려다 입을 닫았다. 가슴에 가시가 박히는 것 같았다. 아론은 동편 뜰을 걷다가 모세와 엘르아살이 오는 것을 바라보고 있었다. 세 사람 중 누구도 말하지 않았다. 아론의 눈에 호르산이 가까이 들어왔다. 모세가 형을 부축하니

가볍고 작은 몸이 그에게 기대어왔다. 산은 비스듬히 굽어지다가 조금씩 가팔라지고 있었다. 작은 돌들이 발 밑에서 구르고 오랜 가뭄에 바싹 마른 가시나무는 정강이를 찔렀다. 바람에 실린 구름 한 조각이 그들의 뒤를 따르고 있었다. 아론이 오래된 싯딤나무에 잠시 허리를 펴고 기대어 섰다. 그의 눈이 구름을 따르다가 엘르아살을 바라보았다. 맞은 편 주홍빛 굳은 사암석 위에 어린 양 한 마리가 딱 한 번 길게 울었다. 순간 아론의 무릎이 뚝 꺾여 주저앉으려 했다. 형의 몸을 모세가 받아 안았다. 산의 정상이었다. 아론이 모세의 가슴에서 떨었다. 깊은 슬픔으로 모세는 형의 겉옷을 벗기기 시작했다. 아론의 반포 속옷이 바람에 휘날렸다. 형의 반지를 빼어 엘르아살에게 끼웠다. 엘르아살이 거룩한 임재에 갇혀 이별 아닌 이별에 울먹였다. 세 사람이 얼싸안았다. 호르산이 두어 번 크게 흔들렸다. 열 두 빛에 실린 구름 상여가 잠시 허공에 머물다 내려와 아론을 감싸 안았다. 아론을 잃은 백성은 가눌 수 없는 슬픔에 빠졌다. 애곡하는 기간이 끝나자 먼 광야로부터 구름이 다시 내려오기 시작하였다. 서둘러 장막을 거둔 사람들이 길

떠날 채비를 하면서 떠들었다. 발람31)이 예언했던 메시아가 이 땅에 오실 때 아론을 다시 만나게 되리라고, 당나귀도 알아보는 천사를 못 본 발람을 뭘 믿느냐고, 사람의 말을 하던 당나귀 이야기로 사막은 열리고 또 닫혔다. 아론의 나이 80세였다.

회상

태양을 감춘 스랍32)들이 멀어지고 아카반으로부터 떼구름이 몰려들었다. 여리고33)가 지척이었다. 호르산도 뿌옇게 내려와 모세 곁에 그림자를 드리우고 있었다. 아이사막의 아들 브살렛과 우리의 아들 오홀리압이 잘 마른 떨기나무 널빤지를 거두어 들였다. 여호와의 영을 받은 두 청년들은 제단에 필요한 모든 공사를 주관하였다.

모세는 걸었다. 붉은 사막에 연노랑 구름이 엉기어 아름답게 보였다. 멀리 홍해에서 빠져 나온 물줄기가 이곳까지

---

31) **발람** 탐닉자, 백성을 망하게 하는 자란 뜻을 가지고 있으며 당시 메소포타미아에서 유명했던 거짓 선지자요 점술가였다.

32) **스랍** 천사

33) **여리고** 종려나무가 많아 '종려의 성읍'이라 일컬어지는 이곳은 가나안 정복 전쟁의 첫 대상지이며 팔레스타인 최고의 성읍이었다.

스며 들어와 쉬다가 저녁이 되면 안개를 이루는 모습이 마음을 따뜻하게 했다. 화려한 애굽의 궁정에서 늘 이방인이었던 모세를 염려하고 배려해 주었던 양어머니가 먼 안개 속에 떠올랐다. 정이 많은 모세였다. 그는 주저앉았다. 넘어져서 저 혼자서는 일어 날 수 없는 어린 양처럼 버둥거리며 온 몸으로 울어보고 싶었다. 아내 십보라가 쓸쓸하게 살다 갔다는 생각이 들자 대범했던 모세는 눈물이 와락 쏟아졌다. 하늘 이슬방울이 그의 주름진 이마에 앉았다. 머리를 흔들어 슬픔을 털어내고 지금 어디엔가에서 자신을 보고 계신 여호와의 기적을 느끼려 했다. 따스한 바람이 모세를 쓰다듬었다. 어깨로도 슬픔이 내려오는 오후였다.

"내 아들아, 내 아이야!"

분명한 전능자라는 것을 알면서도 소스라치게 놀랐다.

"주님이십니까? 내가 여기 있나이다. 제가 주님을 노엽게 하였습니다. 신 광야 가데스에서 여호와 아버지께 제가 죄를 지었습니다. 반석에서 말하라고 그리 말씀하셨는데 두 번씩이나 나는 반석을 때렸습니다. 아버지…."

견딜 수 없는 비애가 몰려왔다. 변덕 많고 참을성 없는 백성들이 모세를 화나게 한 건 아니었다. 자신 안에 가졌던 화였다. 그 분노가 백성들 앞에서 튀어나온 것이었다. 여호와께서 준비해 두신 언약의 땅에 들어갈 수 없는 것이 당연했다. 여호와께서 손수 쓰신 십계를 깨뜨렸던 자신의 두 손으로 한없이 빌고 또 빌었다. 지상에서 가장 온유한 모세가 아니었다. 모자라는 자신을 잘 알고 있었지만, 백성의 아우성 앞에서 내가 보여주마 했던 자만심은 분명 엄청난 죄였다.

"여호와여, 온유한 자라고 칭함을 받을 자격이 없습니다."

그의 넋두리 속으로

"너만 여호와와 통하느냐?" 하던

누이 미리암의 목소리가 귀를 울리고 아내 십보라의 쓸쓸한 모습도 떠올랐다. 두 아들에게 거세를 못해주고 나섰던 광야 도중에서 노하신 여호와의 음성을 듣고 당황했을 때 순간적인 기지로 아들들에게 차돌을 들어 거세를 하고

"당신은 나의 피 남편입니다."

라고 부르짖었던 아내, 피범벅이 된 양피를 모세의 발 아래

던지던 십보라는 모세를 살린 여자였다. 그때 십보라는 아이들을 작은 노새에 태워 왔던 길을 다시 갔다. 아버지 집으로, 이드로의 딸 십보라는 그렇게 떠나갔다.

염탐꾼

각 족속의 장로들과 지파장들이 열두 명의 정탐꾼들을 뽑았다. 무예에 능통하고 기지가 뛰어난 무사들이었다. 백부장 뒤로 오십부장과 십부장들이 둘러섰고, 칠십 인의 장로들은 근엄한 수염에 흰 옷을 입었다. 멀리서 그리고 가까운데서 큰 나팔 작은 나팔이 동시에 울렸다. 출정식이었다. 은나팔은 도도하게 광야를 뚫고 나아갔다. 아말렉 족속에게서 탈취하였던 떫은 포도주에 취한 백성들은 벌써부터 희망에 부풀었다. 숯불에 잘 구워진 양갈비를 물어뜯으며 흥에 겨웠다. 긴 머리채를 흔들며 춤을 추는 여자들의 웃음소리가 군중들을 신바람 나게 하였다. 고도의 훈련을 통해 단련된 열두 명의 정탐꾼들이 씩씩하게 떠나고 모세는 여호와와의 시간 속으로 들어갔다.

모세는 이스라엘을 사랑했다. 목 마르다, 배 고프다 떼쓰고 변덕부리는 혈기 많은 히브리인들이지만 이 민족은 모세에게 사랑이고 끊어낼 수 없는 애정이었다. 기브롯 핫다라와[34]에서 재앙을 당했을 때가 떠올랐다. 이방 잡족들이 애굽에서 나올 때 섞여 나왔는데 그들은 이스라엘 백성을 이용했다. 고기가 먹고 싶고 싱싱한 애굽의 과일이 먹고 싶다고 사람들의 입맛을 돋우고 애굽으로 가야 한다고 선동했다. 싯딤[35]에 머무를 때 이스라엘 남자들이 모압 여자들과 음행하고 그들의 신 바알브올에게 절을 하고 부정한 제사 음식을 먹었으며 육체와 영혼을 더럽혔다. 이에 진노하신 여호와께서 바알브올에게 가담한 자들을 죽이라고 했을 때 이를 결행한[36] 엘르아살의 손자 비느하스의 충성됨을 보시고 그의 자손에게 영원한 제사장 직분을 허락하시었다. 이 날 전염병을 거두셨으므로 백성들이 죽음을 피할 수 있었다. 그 때에 죽은 자가 2만 4천여 명이나 되었다.

[34] **기브롯 핫다라와** 탐욕의 무덤이란 뜻. 출애굽 시 고기를 달라는 이스라엘 백성에게 메추라기를 주시지만 고기가 아직 잇사이에 있어 씹히기 전에 여호와께서 심히 큰 재앙으로 치신 사건이 있었던 곳
[35] **싯딤** 이스라엘 백성이 약속의 땅에 들어가기 위해 요단강을 건너기 직전에 마지막으로 광야에서 진을 쳤던 곳
[36] **이를 결행한** 이스라엘 자손 한 사람이 미디안의 여인을 데리고 오자 비느하스가 이스라엘 남자와 그 여인의 배를 창으로 뚫어 죽인 일

여호와는 자기 외에 다른 신을 섬기는 자를 질투하시는 하나님이시다. 우상을 조각하지 말라, 이방 신에게 절하지 말라. 수없이 말씀하셨지만 이스라엘은 끊임없이 범죄하고 후회하는 민족이었다.

모세는 샌들을 벗고 바위에 앉았다. 사람들이 널찍한 반석마다 애굽의 신 하토스[37]를 수없이 그렸다. 한숨이 나왔다. 모세는 여호와의 일곱 촛대를 반석에 쪼아 박았다. 그리고 하토스를 지워나갔다.

백성들의 절망

5~6년에 한 번씩 오는 우기가 시작되었다. 싯딤나무가 싹을 내려고 땡볕에 다 까져버린 가장이 끝으로 숨을 몰아쉬고 있었다. 자세히 보면 푸른 살갖이 보일 것도 같았다. 멀리 비하 하롯 계곡이 다가오는 듯했다. 거대한 산이 겹겹이 둘러쳐진 숨은 계곡이었다. 한 굽이를 간신히 돌며 다시 병풍 같은 산이 우뚝 서 있었다. 수십만 이스라엘 사람들이 외부에 노출되지 않게 산은 높고 계곡은 낮은 절벽으로 나

---

37) **하토스** 머리에 소뿔이 달려있는 사랑의 여신으로 행복, 춤, 음악을 관장하는 이집트의 신

누어져 있었다. 여호와께서 예비하신 요새였다. 거기에 골짜기마다 물이 숨겨져 있었다. 밖의 적군들은 이스라엘 사람들을 쉽게 발견해 낼 수가 없었다. 풍상을 겪어 낸 바위와 벼랑마다 빽빽한 가시나무들과 오래된 아몬드나무들은 방패였다. 머지않아 생명을 내는 비가 내릴 것이고, 오랜 가뭄을 견딘 나무가 설레고 있을 것이다. 모세는 홀로 애굽의 바로 왕을 굴복시키시려고 갖가지 재앙으로 기적을 일으키시던 여호와께서 함께 하시리라 믿으며 깊은 산 중턱에서 정탐꾼들이 가져올 새 소식을 기대하며 기도했다.

먼동이 트기 전이었다. 수비병들이 달려오는 것을 모세는 마음을 가다듬으며 마중했다.

염탐꾼들이 들어오고 있었다. 그들의 그림자가 느리게 움직였다. 시므온 지파 호리의 아들 사밧이 다 죽은 얼굴로 모세 앞에 와 섰다. 그 뒤에 그리고 옆에 염탐꾼들이 다가와 무릎을 꺾었다.

"우리가 그들이 오는 것을 기다리다가 한 지점에서 만났습니다. 기가 살아서 팔팔해야 할 정탐꾼들이 우리를 보고도 놀라 달아나려 하였습니다."라는 여호수아의 말이었다.

"우리를 본 아낙 사람들[38]은 장대처럼 크고 절구 공이보다 더 큰 돌덩어리들을 시퍼런 칼로 부수었습니다. 저들끼리 장난을 치는데 서로 멱살에 붙은 손이 도리깨 같았습니다." 어디서 갑자기 기운이 솟았는지 여러 명이 말을 뱉어냈다. 가지고 간 식량은 먹지도 못했는지 삐쩍 말라들 있었다.

"우리는 메뚜기 같고 그들은 독수리 같았습니다. 휙휙 날아다녔습니다. 사람이 어찌 그리 빨리 날 수가 있단 말인지!"

그곳의 대장간은 밤낮 무기를 만드느라 불타오르고, 만들어 놓은 칼과 낫과 도끼가 굉장했다고 하였다. 집집마다 곡식더미가 쌓였고 그들의 소리는 얼마나 쩌렁쩌렁한지 바위가 다 굴러다닌다고 하자 몰려들었던 이스라엘 사람들은 탄식했다. 여자들은 겁에 질려 떨고 아이들은 소리쳐 울었다. 그들이 익은 포도송이와 석류 열매를 모세 앞에 놓았다. 갈렙의 어깨에 멘 갈대자루에서도 탐스런 과일이 쏟아지며 향내가 진동했다. 그가 얘기했다. 그 땅은 역시나

---

38) **아낙 사람들** 거인족

여호와께서 준비해 주신 언약의 땅이라고 하였다. 들판은 광활한데 오곡백과가 풍성하더라고 하며 그가 내보이는 무화과 열매에서는 단물이 질퍽하게 흘러내렸다. 아낙 사람들은 살찐 돼지와 같고 모두가 주정뱅이들이라고 했다. 게으른 그들은 키만 큰 등신 같더라고 했다. 집들은 무너져 있었고 대장간은 그 날 그 때에 불이 붙었는데 어느 누구도 달려와 불을 끄려 하지 않았다고 하였다. 여호수아가 힘을 내자고 했다. 갈렙이 힘을 합치자고 백성들을 향해 외쳤다. 다른 정탐꾼 열 명은 여전히 진저리를 치며 두려워했다. 간신히 입을 연 한 명은 '애굽으로 가서 바알을 섬겨야 한다'고 신음했다. 군중들이 소리쳤다.

"애굽으로 갑시다. 우리가 한 신을 만들어 앞세우고 갑시다."라고 부르짖었다. 여호수아와 갈렙이 모세를 부축했다. 그가 휘청거렸다.

이스라엘 무리들이 "모세는 혼자 가라. 혼자서 떠나라. 우리에게서 떠나라. 우리의 왕은 바로다."라고 소리쳤다. 모세는 기도하며 마음을 다스렸다. 군중을 향한 격노를 깊은 숨으로 참아냈다. 그는 붉은 사암들이 부서져 내린 모래

길을 하염없이 걸었다. 허리 굽은 들대추가 익고 있었다. 우울한 로뎀나무들로 제법 푸르른 광야가 모세를 맞이했다. 멀리 여호수아가 따라왔다. 굵은 눈물이 그의 눈에서 흘렀다. 모세는 멈출 수가 없었다.

이스라엘을 탓해서 무슨 소용인가? 겁쟁이가 된 정탐꾼의 어리석음은 다 자신 때문이 아니겠는가? 사과 속 씨앗이 몇 개인지 알지만 씨앗 속 사과가 얼마인지 모르는 이 민족은 현명하지 못한 지도자 나 때문이다. 의분으로 옷을 찢고 백성을 설득하는 두 사람보다 다수의 열 사람 말을 더 믿는 이 어리석은 히브리 민족을 어찌 깨우칠 것인가! 근심을 넘어 낙심이었다. 이스라엘의 앞날이 서글프고 답답했다. 삼십팔 년 가데스 바네아를 돌고 돌면서 기갈이 와도 물을 주셨고, 굶어 죽을 것 같아도 식량을 주셨던 여호와를 믿지 못하는 그들을 어찌할 것인가? 불평, 불만으로 죽음을 자초하므로 여호와의 백성이 약속의 땅 밖에서 죽어야 하는가? 여호와께서 준비하신 젖과 꿀이 있다는 땅인데…. 장애물과 덩치만 보고 놀란 열 명의 말만 믿는 이스라엘에 구원은 아직 멀었는가? 얼마나 세월이 더 가야 하는가! 이길 수 없는 아말렉[39]과의 전투에서 이스라엘 군인은 한 사람도 죽지 않고 승리했을 때 열정적으로 여호와를 찬양하던 그들은 지금 없다. 그 날에 적을 향해 높이 들었던 자신의 두 손을 모세는 내려다보았다. 아말렉은 에서의 후손으로 강하고 사나운 기질이었고 많은 무기를 가진 그 땅의 현지인이었지만 그 때 이스라엘은 겁내지 않았다. 그 날이 그리웠다. 승리의 함성을 다시 듣고 싶었다.

출애굽의 나날들

애굽에서의 마지막 깊은 밤이었다. 애굽 사람들의 모든 맏아들이 죽었다. 바로의 맏아들을 비롯하여 높은 자 낮은 자의 아들들이 한꺼번에 떼죽음을 당했다. 짐승의 처음 난 새끼들도 죽었다. 온 애굽에 곡성이 울렸다. 바로가 마침내 하얗게 질려서 이스라엘 백성들이 애굽에서 떠나기를 호소했다. 아빔월 달도 없는 밤이었다. 이스라엘 백성은 누룩도 넣지 못해 발효되지 않은 빵자루를 둘러메고 유월절 피 묻은 문지방을 넘어섰다. 여호와는 공평의 하나님이셨다.

39) **아말렉** '골짜기에서 사는 쟈'란 뜻으로 에서의 아들인 엘리바스와 그의 첩 딤나 사이에서 태어난 아들이 아말렉 족속의 시조이다.

택한 백성 이스라엘의 남자 아이들을 살해한 바로에게 같은 벌을 내리신 것이다. 애굽 사람들은 이스라엘 사람이 지체하면 더 큰 재앙이 닥칠까 두려워 금은 패물까지 쥐어주며 어서 가라고 재촉하기까지 했다.

아브라함의 광야, 이삭의 광야, 야곱의 광야가 열두 빛으로 마중 나오리라 기대하며 애굽을 떠나온 지 삼십팔 년, 고라와 나단, 아비람, 온의 반역으로 14,700명이 죽었고, 불뱀에 물려 죽은 자가 얼마인지, 애굽에서 나올 때 섞여 나온 중대한 잡족들은 여전히 고통과 고난이 올 때마다 애굽의 신 바알을 들추어내며 이스라엘을 간음하게 하기를 계속하고 있었다. 만나가 내리자 언제 그랬냐는 듯이 여호와를 찬양했지만 또 고기가 먹고 싶다고 떼를 쓰는데 그들이 일조를 하였다.

"아이야, 내 손이 짧으냐? 아직도 날 믿지 못하느냐?" 하시면서 서글퍼하시는 여호와가 모세는 보여지는 듯했다.

구름기둥 불기둥으로 기적을 보이셨을 때는 환호했지만 여전히 죄악을 거듭하고 있는 이스라엘이 모세는 두려웠다. 목자의 성품을 가졌다는 그도 나약했고 지쳐가고 있었다. 모세는 부서진 꿈에 주저앉고 싶었다. 허약하며 의심 많은 이 민족을 두고 멈추어야 한다는 사실이 비참했다. 그러나 이스라엘을 언약의 땅으로 인도할 지도자는 자기 뿐이라고 말하고 싶었다. 간절했다. 뜬 눈으로 밤을 새우고 여호수아와 함께 회막에 섰다. 엘르아살40)이 거기 있었다.

"너는 죽어 누우려니와 이 백성은 내가 준비한 땅으로 들어가리라. 너희가 어리다고 염려했던 아이들만이 들어갈 것이다. 너는 여호수아에게 담대함을 주라. 그가 인도하리라. 나 여호와의 영이 그와 함께 할 것이다."

모세는 여호와를 향해 못다한 마음의 노래를 지었다. 애굽에서 기적을 내던 아론의 싹 난 지팡이와 만나가 든 항아리 그리고 애굽에서 가지고 나온 야곱의 유골함을 다시 어루만져 보았다. 출애굽 과정을 적은 파피루스를 석청을 바른 갈대바구니에 넣었고 양피지에 세밀하게 정리한 또 한 권도 점검했다. 쓸쓸했다. 단념했으나 서글펐다. 이스라엘 민족은 언약의 땅에 들어가서도 이방신을 믿을 것이고 그

---

40) **엘르아살** 제사장 아론의 손자로 제2대 대제사장

때에 여호와께서 얼굴을 그들에게서 감추시겠다는 예언적 말씀이 가슴을 파고들었다.

"내가 어느 때까지 참으랴! 너희의 시체가 이 거치른 광야에 묻히리라 20세 이상된 자 모두가…."

"여호와수가 이스라엘을 감당할 수 있을까요?"

"아이야! 내가 어느 때까지 참으랴?"

비탄에 빠진 깊은 음성이 모세의 마음을 때렸다. 인자하시며 노하기를 더디 하시는 주께서 긍휼로 단 한 번만 더 이스라엘의 앞에 설 수 있게 해 주신다면… 하며 비탄에 빠졌다.

므리바의 물이 출렁거렸다. 참혹했다. 르비딤에서 장막을 쳤을 때 아무리 백성들이 모세의 숨을 끊으려 했어도 의연했어야 했다. 이미 모세는 죽음에 절반은 빠져가고 있었다. 호렙산 정상에 우뚝 선 맛사의 바위는 모세의 지팡이에 의해 두 동강이 났다. 시야에 잿빛으로 에담 광야가 보였다. 비하 하롯으로 가는 길은 막다른 계곡 같은 데 산은 높은 봉우리를 겹겹이 껴안고 막막하게 굽이굽이 돌았다. 가파른 절벽 끝에 어김없이 솟아오르던 샘들은 구원이었다. 모세와 아론을 시기하여 반란을 일으켰을 때 모세의 편에 섰고 반란 후 성막 봉사에 온 정성을 다하였던 고라의 아들들이 산 아래 장막에서 여호와께 올리는 찬양이 잔잔히 퍼져 나갔다.

"만군의 여호와여 주의 장막이 어찌 그리 사랑스러운지요. 내 영혼이 여호와의 궁중을 사모하여 쇠약함이여 내 마음과 육체가 계시는 하나님께 부르짖나이다. 나의 왕 나의 하나님이시여!"

비파의 깊은 음률은 소금을 쳐서 만든 나감향41)과 풍자향42)이 어우러져 더 구슬펐다. 분향단에서 피어오르는 순금 등잔대의 불길이 타오르는 시간이었다. 저녁 예배를 돕는 레위인들이 청색 옷단에 수놓은 방울을 살랑이며 조용조용 움직였다. 모세는 이스라엘을 놓고는 조상에게로 갈 수 없을 것 같았다.

"구하옵나니 나로 건너가 레바논 백향목을 바라보게 하소서."

---

41) **나감향** 조개류나 소라껍질을 빻아 만드는 향
42) **풍자향** 아라비아에서 자라는 관목의 일종인 유향수라는 나무에서 채취하는 향

가슴으로 바람이 뜨겁게 달려들었다.

"아이야, 모세야. 이제 그만 해라. 너는 비스가 산 정상에 서서 홍해의 남과 북을 바라보아라."

말하지 않아도 여호와는 듣고 계셨다. 육체의 껍데기가 벗겨지듯 아팠다. 심으시고 뽑으시는 이는 여호와시며 세우시고 선택하시는 것도 다 여호와라.

비스가 산

비스가 산[43]은 높았다. 산의 먼 자락에 슬로브핫의 딸[44]들이 서 있었다. 슬기로운 그녀들은 아버지가 아들 없이 죽자 기업을 이어가기 위해 모세에게 탄원했었다. 여호와께서 모세를 통하여 그들의 소원을 허락하셨다. 고마움을 간직했던 딸들이 모세를 배웅하고 있는 것이리라. 요단강 동편에 남겠다던 므낫세 반 지파, 르우벤과 갓 자손도 멀리 와 있었다. 모세의 발 아래로 푸르고 맑은 물이 흘러 열리고 닫히며 산은 아름다운 색깔로 비춰졌다. 바람이 날개가

---

43) **비스가 산** 서쪽의 사해와 동쪽의 모압 평지 사이에 있는 산맥의 한 봉우리

44) **슬로브핫의 딸** 여호와께 기업을 물려받은 딸들

되어 모세의 몸을 싣고 나아갔다. 시내산에 오시고 바람산에 비추시던 전능자 여호와의 은총이 더욱 충만해지고 있었다.

열두 지파

르우벤의 양 떼가 진초록 벌판을 뛰어다니고 유다의 옥토에 추수할 곡식더미가 황금물결로 출렁거렸다. 므낫세의 암소들이 바산 계곡 아래서 노닐고 잇사갈의 포도원은 보랏빛 향기로 가득하며 울타리 없는 초원에 레위의 어린 아이들이 웃음소리, 채색 옷을 입은 베냐민의 아낙네는 갓 쪄온 떡을 나누고 스불론의 황금 항아리에는 은금이 넘치고 모래에 감춘 기름이 넘쳤다. 단은 단련된 쟁기로 가을밭을 일구었으며, 아셀은 오색 베실을 꼬아 옷을 짰다. 에브라임은 저녁 제단 위 황금 등잔대에 심지를 돋우었다. 갓의 대장간에는 번쩍이는 농기구들이 가득했고 납달리는 쇠 구르마에 낙타를 매고 먼 나라로 나갈 여행 채비를 꾸렸다. 여호와 왕의 도로에 철갑소리가 번쩍였다.

느보산은 말이 없었지만 많은 이야기를 하고 있었다. 열

두 지파의 미래를 열어 보여 주며 모세를 위로했다. 아론과 이별을 나누었던 호로산이 마른기침을 했다. 먼 산이 아주 가깝게 보였다. 늙은 아몬드 나무의 단단한 가지들이 고개를 숙였다. 아론의 지팡이를 만들었던 그 나무였다.

모세는 혼자였다. 아무도 그와 동행하지 않았다. 어디인가에서 여호수아가 작별의 울음을 참고 모세의 아들들 역시 아버지 홀로 올라간 비스가 산[45]을 바라보며 소리 없이 울고 있으리라. 양치기였고 무사였던 모세는 가까워지는 하늘을 바라보았다. 아직 청년의 기운이 남아있고 밝은 눈을 가진 모세가 아! 므리바 반석을 향해 손을 흔들었다. 작별이었다. 벳 보올 맞은편에서[46]

모세의 나이 120세였다.

구약의 모세는 선지자 엘리야 그리고 신약의 예수 그리스도와 함께 변화산에 오시었다.(눅9:28~38)

믿음은 바라는 것들의 실상이요 보지 못하는 것들의 증거니(히11:1)

---

45) **비스가 산** 비스가 산 정상의 '느보' 봉우리에서 모세는 죽음을 맞이한다
46) **벳 보올 맞은편에서** 모압 땅 골짜기

모세가 세상을 떠난 지 3,500여 년.

나는 애담 광야 끝 바알 스봇 맞은편 믹돌 사이의 비하하롯47)에서 한없이 울었습니다.

47)**비하 하롯** 홍해를 앞두고 진퇴양난에 빠진 이스라엘 백성이 처음으로 모세를 향해 불평을 한 곳

주님께서 가장 사랑하시는 수제자

박도영 광나루문학회 지도강사

저자 박은우 님은 나의 인생행로에서 만난 사랑과 우정의 좋은 동반자다.

첫 문집 《작은 꽃으로 웃고 싶다》 출간을 진심으로 축하한다.

'해야 솟아라/ 해야 솟아라/ 말갛게 씻은 얼굴/ 앳된 얼굴로 고운 해야 솟아라.'는 박두진 시인의 시를 연상케 하는, 님의 첫 수필집은 말간 얼굴로 첫 선을 보이는 해처럼 찬란하고 빛이 난다.

저자는 밤이면 몽환적으로 느껴질 만큼 보랏빛 안개가 서리는, 자연 경관 수려한 호주에서 살고 있다. 삶의 전부가 오로지 신앙으로 점철된 주님의 수제자로 "자신은 하나님의 심부름꾼이며 하나님의 말씀을 외면하지 못한다."고

고백한다. 마음이 순수하여 천사 같고, 어려운 이웃을 돌보며 봉사 정신이 각별한 여인이다. 또한 수많은 곳을 찾아본 다양한 여행 경험에서 우러난 심미안적 사고가 뛰어나다.

여인의 시와 수필 속에서 언뜻언뜻 비치는 외로움이 감지되면 그녀를 아끼는 내 마음도 아리다. 하지만 저자는 '행복을 배달해 주는' 사람이 있다고 고백한다. 잘 키운 딸과 아들이며 인품을 갖춘 훌륭한 외교관 사위를 이름이다. 그녀의 인생 말년은 지나온 세월보다 훨씬 값지리라 믿는다.

은우 씨! 당신과 나는 즐거움도 슬픔도 함께 공유하는 영원한 벗이지요. 사랑합니다.

문우지정을 나누고 싶은 가을 여인

최옥자 글무늬문학사랑회 회장

박은우 선생의 수필집 상재(上梓)를 진심으로 축하한다.

약속을 하고 그녀를 처음 만나던 날, 시드니 세츠우드 거리에는 바람이 불고 있었다. 옷깃을 세우고 15도 아래로 시선을 던진 채 길 위에 서 있는 그녀에게서 '가을 여인'이 연상됐다. 조금 흐트러진 머리에서도 가을 향기가 풍겨왔다.

웃으며 마주 앉았다. 외로움과 숨겨진 아픔과 절제된 침묵의 강을 건너 우리는 따스한 햇볕이 쪼이는 편안한 언덕을 향해 마음 문을 열었다.

적당한 유머가 섞인 대화에서 그녀의 사색 어린 깊은 인품이 묻어 나온다.

글에서도 예외가 없으리. 그건 거저 형성이 된 것이 아닌, 수많은 여행과 작고 낮고 좁게 납작 엎드려 십자가를 바라본다는 그녀의 생활관, 신앙관에서 형성된 것이 아닌가 생각해 본다.

불가에서 말하는, 몇 억 겁의 무한한 세월을 지난 만남이 현재의 인연이라고 볼진대 어려울 때 서로 안아주고 감싸 추위를 녹여주는 귀한 인연으로 이어가고 싶다.

진정, 문학으로 정진하는 문우지정을 그녀와 나누고 싶다.

존경하는 어머님께

제임스 최 사위, 주한 호주 대사
instagram.com/ausambkor
instagram.com/joannelee528

어머님의 첫 작품집 <작은 꽃으로 웃고 싶다> 출간을 진심으로 기뻐합니다. 수필은 자기 체험의 진솔한 고백이라고 합니다. 일상생활에서도 늘 따뜻한 시선으로 삶에 의미를 부여하는 모습이며 높은 식견에 우리 부부는 감동을 받는답니다.

어머님은 불우한 이웃들을 외면하지 않으시고 평생 선행을 베푸셨습니다. 주님의 충실한 제자로 자처하시며 낮은 자세로 모든 사람들을 안아주시는 모습이 참 아름답습니다. 작품의 행간마다 넘치는 인간미와 위트, 때로는 우수에 젖은 삶의 과정을 읽을 때마다 삶에 대한 지혜를 깨닫기도 합니다.

저의 평생 동반자인 따님을 곱게 길러 주시어 저는 어쩌면 지상 최대의 행운아가 아닌가 싶습니다.

어머님은 인생의 희로애락에 언제나 기도로 풀어나가시는 모습을 볼 때마다 저희 부부도 어머님을 본받고 살아가려 합니다. 어머님의 삶을 기억하며 저희들도 정직하고 신중하게 살아가겠습니다.

앞으로 남은 생애에서도 좋은 일들만 있으시기를 기원합니다. 부디 아름다운 그 모습 잘 간직하시고 건강하시기를 기도드립니다.

오늘의 기도(Today's Prayer)

에담광야 끝 바알스본 맞은편 바다와 믹돌 사이의 비하 히롯에 우리가 지금 있습니다. 주님, 때로는 쓸쓸했고 더러 는 흔들렸지만, 인내의 하루하루를 주님 기다리면서 살았 습니다. 선과 악을 분별할 줄 알면서도 버팅기고 고집부리 면서 고단하게 살아온 시간들이었습니다.

이제 주님의 보혈로 씻기어 신자되게 하여 주소서. 기다 립니다.

사랑하는 주님, 화요기도회를 아시지요. 고맙습니다. 몸 은 아프고 마음은 외롭지만 노인들은 잠들지 못하고 기도 합니다. 전능하신 하나님께는 영광을, 교회를 위하여는 고 마움을 항상 기도합니다.

노스미드 새벽기도를 주님께서 늘 지켜보시니 참 기쁨이 됩니다. 병자가 일어나고 문제가 해결함 받는 은사의 시간 시간들이 되게 하옵소서. 사랑하고 사랑합니다. 지휘자 없는 성가대에 아버지가 함께하고 계심에 감격합니다. 하늘 보좌에 상달되어 주님의 기쁨이 되게 하실 줄 믿습니다. 영광을 받아주소서. 축복하소서. 마지막 잎새처럼 최선을 다하는 그들에게 은총을 허락하소서, 주님!

오랫동안 기도했던 응답의 김 목사님 고맙습니다. 준비된 목사님께 능력의 검을 들려주소서. 김 목사님을 통하여 하나님은 오직 영광을 받아주소서. 기뻐하실 줄 믿습니다.

이제 우리 곁을 떠나시는 홍 목사님, 사랑과 염려로 목이 메신 그 마음 지금 우리가 느낍니다. 못다한 정 오래오래 나눌 수 있게 우리 모두 열린 마음 주시옵소서. 언제 어디서나 낯설지 않게 우리의 목자되게 하소서. 우리가 많이 그리워할 것입니다.

우리의 사랑 하나님! 새 하늘과 새 땅을 바라봅니다. 충만한 사랑 감격합니다.

청년들이 달려오는 교회, 장년들이 모여드는 교회, 아이들의 찬송이 울려 퍼지는 교회, 주님의 교회 우리 교회 우리를 선하게 하소서. 뜨겁게 하소서. 소망합니다.

시리고 얼어붙은 겨울의 땅에서 사역하시는 김충석 목사님을 바라보소서. 지켜주소서. 따르는 표적을 주소서. 몽골에 하나님의 세상이 열리게 하소서. 모든 선교사님들의 사역에 능력을 덧입혀 주소서. 믿습니다. 기다립니다. 우리에게는 행동하는 믿음, 베푸는 손 준비시켜 주소서. 우리가 사용되게 하시옵소서. 천국의 기쁨이 되게 하소서, 아버지!

주님, 충성된 종 박 목사님에게 주님의 인도하심이 있어 우리가 쓸쓸한 목사님의 뒷모습 보지 않게 도와주소서. 믿고 기다리며 기도합니다, 아버지!

오늘 예배가 끝나면 우리는 다시 세상으로 나아갑니다. 또 다시 상처받고 아파할 것입니다. 그러나 주님을 바라봅니다. 일으켜 세워주소서. 우리의 아버지 고마우신 아버지 사랑합니다. 은사를 주소서. 하늘의 보화를 허락하소서.
주님을 위해 쓰겠습니다.

진심입니다. 아버지! 주님의 꿈을 함께 꾸는 우리는 아버
지의 자녀이며 한 가족입니다.

우리 교회에 어질고 착한 장로님들에게 능력의 두루마
기를 입혀주소서. 이제 일어나 부흥의 삽을 들게 하소서.
할렐루야 깃발을 들게 하소서. 장로님들에게 건강과 물질
과 말씀의 은사로 무장시켜 주시기를 기다립니다. 용사되
게 하소서.

천국 발전소의 스위치를 이제 눌러주소서. 기쁘게 기다
립니다. 주님을 더욱 사랑합니다. 주님 다시 오시는 그날까
지 우리의 모든 삶에 세밀하게 역사하여 주심이 간절히 기
다립니다. 우리 아버지! 하나님의 웃음소리를 듣고 싶습니
다.

우리가 사랑하고 기뻐하고 높이는 주 예수 그리스도의
이름으로 감사기도 드립니다. 아멘.